共和国故事

时代新貌

——中华全国妇女联合会成立

陈栎宇　编写

吉林出版集团股份有限公司

图书在版编目（CIP）数据

时代新貌：中华全国妇女联合会成立/陈栎宇编．—长春：吉林出版集团股份有限公司，2009. 12

（共和国故事）

ISBN 978-7-5463-1718-2

Ⅰ．①时… Ⅱ．①陈… Ⅲ．①纪实文学－中国－当代 Ⅳ．①I25

中国版本图书馆 CIP 数据核字（2009）第 237298 号

时代新貌——中华全国妇女联合会成立

SHIDAI XINMAO　ZHONGHUA QUANGUO FUNÜ LIANHEHUI CHENGLI

编写　陈栎宇

责任编辑　祖航　李娇

出版发行　吉林出版集团股份有限公司

印刷　三河市嵩川印刷有限公司

版次　2010 年 1 月第 1 版　2022 年 1 月第 8 次印刷

开本　710mm×1000mm　1/16　印张　8　字数　69 千

书号　ISBN 978-7-5463-1718-2　定价　29. 80 元

社址　吉林省长春市福祉大路 5788 号

电话　0431－81629968

电子邮箱　tuzi8818@126. com

前　言

自1949年10月1日中华人民共和国成立至今，新中国已走过了60年的风雨历程。历史是一面镜子，我们可以从多视角、多侧面对其进行解读。然而有一点是可以肯定的，那就是，半个多世纪以来，在中国共产党的领导下，中国的政治、经济、军事、外交、文化、教育、科技、社会、民生等领域，都发生了深刻的变化，中国人民站起来了，中华民族已屹立于世界民族之林。

60年是短暂的，但这60年带给中国的却是极不平凡的。60年的神州大地经历了沧桑巨变。从开国大典到60年国庆盛典，从经济战线上的三大战役到经济总量居世界第三位，从对农业、手工业、资本主义工商业的三大改造到社会主义市场经济体制的基本确立，从宜将剩勇追穷寇到建立了强大的国防军，从废除一切不平等条约到独立自主的和平外交政策，从“双百”方针到体制改革后的文化事业欣欣向荣，从扫除文盲到实施科教兴国战略建设新型国家，从翻身解放到实现小康社会，凡此种种，中国人民在每个领域无不留下发展的足迹，写就不朽的诗篇。

60年的时间在历史的长河中可谓沧海一粟。其间究竟发生了些什么，怎样发生的，过程怎样，结果如何，却非人人都清楚知道的。对此，亲身经历者或可鲜活如昨，但对后来者来说却可能只是一个概念，对某段历史的记忆影像或不存在，或是模糊的。基于此，为了让年轻人，特别是青少年永远铭记共和国这段不朽的历史，我们推出了这套《共和国故事》。

《共和国故事》虽为故事，但却与戏说无关，我们不过是想借助通俗、富于感染力的文字记录这段历史。在丛书的谋篇布局上，我们尽量选取各个时代具有代表性或深具普遍意义的若干事件加以叙述，使其能反映共和国发展的全景和脉络。为了使题目的设置不至于因大而空，我们着眼于每一重大历史事件的缘起、过程、结局、时间、地点、人物等，抓住点滴和些许小事，力求通透。

历史是复杂的，事态的发展因素也是多方面的。由于叙述者的视角、文化构成不同，对事件的认知或有不足，但这不会影响我们对整个历史事件的判断和思考，至于它能否清晰地表达出我们编辑这套书的本意，那只能交给读者去评判了。

这套丛书可谓是一部书写红色记忆的读物，它对于了解共和国的历史、中国共产党的英明领导和中国人民的伟大实践都是不可或缺的。同时，这套丛书又是一套普及性读物，既针对重点阅读人群，也适宜在全民中推广。相信它必将在我国开展的全民阅读活动中发挥大的作用，成为装备中小学图书馆、农家书屋、社区书屋、机关及企事业单位职工图书室、连队图书室等的重点选择对象。

编　者

2010 年 1 月

目录

一、新中国成立初期

二、社会主义改造时期

三、社会主义建设时期

目录

一、新中国成立初期

●1949 年 3 月 24 日至 4 月 3 日，中华全国妇女第一次全国代表大会在北平中南海怀仁堂召开。

●毛泽东为《中国妇女》题词：“妇女解放，突起异军，两万万众，奋发为雄。男女并驾，如日方东，以此制敌，何敌不倾……”

●1949 年 6 月 23 日，全国民主妇联主席蔡畅致信国际民主妇联主席欧仁·戈登夫人，要求申请加入国际民主妇联。

中华妇女联合会正式成立

1949年3月24日至4月3日，中华全国妇女第一次全国代表大会在北平中南海怀仁堂召开。在这次会议上，宣告了中华全国民主妇女联合会正式成立。

全国民主妇女联合会是中国共产党领导的为争取妇女解放而联合起来的中国各族各界妇女的群众组织。

早在1922年，党中央就设立了妇女部，以加强党对妇女运动的领导，更好地指导妇女运动的开展。当时，向警予任第一任中央妇女部部长。

在党中央的领导下，妇女部在第一次国内革命战争时期，建立了妇女解放协会等组织；在第二次国内革命战争时期，在革命根据地建立了女工农妇代表会议等组织；在抗日战争时期，在抗日根据地建立了妇女救国会等组织；在人民解放战争时期，在解放区建立了妇女联合会等组织。在国民党统治区或日本侵略军占领区，也建立了妇女团体。

这些妇女群众组织和团体对当时的革命斗争起了一定的作用，显示了妇女组织起来的力量，为推动全国妇女解放运动的发展奠定了基础。

1945年7月，各解放区妇联会的代表聚集延安，成立了解放区妇女联合会筹备委员会，后因战局变化，没能正式成立解放区妇女联合会。

1948年9月20日至10月6日，党中央在河北省平山县西柏坡村召开了解放区妇女工作会议。华北、山东、晋绥、陕甘宁、华中等各解放区妇联领导干部、各解放区中央局妇委会委员，区党委民运部部长等参加了会议。中央妇委副书记邓颖超主持会议，党中央领导人朱德、刘少奇、周恩来出席会议并做了重要讲话。会议决定准备在1949年春季召开中国妇女第一次全国代表大会。

1948年12月5日，解放区妇联筹备委员会发出关于召开中国妇女第一次全国代表大会，成立全国民主妇女联合会的通告。

1949年1月12日，中国妇女第一次全国代表大会筹备委员会在党中央驻地，河北省平山县西柏坡宣告成立。

1949年1月15日，全国民主妇女联合会筹备委员会发出《关于召开中国妇女第一次全国代表大会的准备工作的通告》。“通告”指出了这次代表大会的任务、代表名额分配方案、代表资格的条件和代表的选举办法等。

在紧张细致的筹备下，中国妇女第一次全国代表大会如期于1949年3月24日召开。

中国妇女第一次全国代表大会，是中国妇女有史以来第一次全国规模的盛大会议，到会代表467人。她们是来自各解放区和国民党统治区，来自边疆各省和海外各地，包括各民主党派和各种不同宗教信仰的民主妇女和少数民族妇女。

党中央委员会向大会发了贺电，毛泽东接见了全体代表，党中央领导人毛泽东、朱德、刘少奇、周恩来、任弼时为大会题词。

在这次大会上，董必武代表党中央致辞，蔡畅致了开幕词，邓颖超做了《中国妇女运动当前的方针与任务的报告》，李德全做了《关于国民党统治区民主妇女运动的报告》，蔡畅做了《关于世界民主妇女运动的现状及其任务的报告》。各地区、各方面的48名妇女代表也都做了发言，交流了各地妇女工作的宝贵经验。

经过代表们的热烈讨论，大会通过了《中国妇女运动当前的方向与任务》的报告，总结了新民主主义革命时期妇女运动的经验，指出妇女运动的总任务是“把反对帝国主义、封建主义、官僚资本主义的斗争进行到底，建设统一的人民民主共和国”。“发动和组织城乡妇女参加适合于经济建设的各种生产事业”。

大会还通过了《中华全国民主妇女联合会章程》，“章程”规定了民主妇联的宗旨：

> 团结全国各民族各阶层的妇女大众，和全国人民一起，为彻底反对帝国主义、封建主义及官僚资本主义，建设统一的人民民主共和国而奋斗；努力争取废除对妇女的一切封建传统习俗；实现男女平等和妇女解放。

大会还通过了“致国际民主妇女联合会主席欧仁·戈登夫人”的电文，宣告了中华全国民主妇女联合会正式成立，会址设在北平。

大会还选出了中华全国民主妇女联合会第一届执行委员会委员51名，候补执行委员会委员21名。蔡畅为第一届主席。

1949年4月，在中华全国民主妇女联合会第一届执行委员会召开的第一次会议上，宋庆龄、何香凝被推选为名誉主席，蔡畅为主席，邓颖超、李德全、许广平为副主席。1949年4月3日，大会圆满结束，在闭幕式上，雷洁琼致辞。

当时，中华全国民主妇女联合会正式成立和中国妇女第一次全国代表大会召开，加快了全国妇女解放的步伐，开辟了中国妇女运动的新纪元。

毛泽东、朱德为妇联报刊题词

1949年6月9日，全国妇联第一届第五次常委会议决定出版妇联机关刊物《新中国妇女》，任命沈兹九、罗琼为总编辑。《新中国妇女》的前身是《中国妇女》。

1939年6月1日，在党中央的领导和支持下，中共中央妇女运动委员会在延安创办了《中国妇女》月刊。

当时，毛泽东为《中国妇女》题了词：

> 妇女解放，突起异军，两万万众，奋发为雄。男女并驾，如日方东，以此制敌，何敌不倾……

当时，在抗战过程中，妇女在慰劳救护、努力生产、战地服务、救济难民、保育儿童等工作中作出了重要贡献，妇女本身也开始走上了全国性的团体和组织，并开始部分获得了参政的权利。然而，妇女工作——抗战的妇女运动的工作，仍是整个抗战中比较薄弱的一个环节。

为了动员广大妇女参加抗战建国事业，积累与交换妇女工作经验，指导与帮助各地妇女工作，提高妇女文化水平，组织广大妇女与男子并肩制敌，中共中央妇女运动委员会在延安创办了《中国妇女》月刊，并在发刊词中开宗明义：

> 《中国妇女》的发刊，就是企图对于动员和组织二万万二千五百万妇女大众，积极参加抗战建国大业工作尽一分绵薄的力量，希望《中国妇女》能成为全国妇女同胞的喉舌。

抗战时期，《中国妇女》在宣传党的路线、方针、政策，鼓舞人民群众的斗志；培养优秀的妇女干部，提高妇女的政治觉悟和文化水平；把广大妇女动员组织起来，服务于民族解放和革命斗争等方面作出了重要贡献。

《中国妇女》在抗战时期共出了两卷，第一卷 12 期，第二卷 10 期，于 1941 年 3 月停刊。

《中国妇女》虽然只坚持了 1 年零 10 个月，但它对动员和组织全国妇女参加抗战建国事业起了不可低估的作用，是抗战时期重要的舆论阵地之一，也是中国妇女运动、生活的一面镜子。

因为新中国即将诞生，为了鲜明地区别于旧中国，所以，《中国妇女》定名为《新中国妇女》。

1949 年 7 月 20 日，《新中国妇女》月刊在北平由“新中国妇女社”编辑出版。

毛泽东为《新中国妇女》题词：

> 团结起来，参加生产和政治运动，改善妇

女的经济地位和政治地位。

朱德为该刊题词：

为建设新中国而奋斗。

1956年1月，《新中国妇女》改为《中国妇女》。

《中国妇女》杂志在党中央的亲切关怀下，以推动中国妇女的解放、进步、发展为己任，探讨每一历史阶段的妇女问题，维护妇女利益，反映妇女呼声，倡导妇女自强，促进妇女进步。

《中国妇女》还大量宣传优秀的中国妇女人物，倡导男女平等，树立崭新的女性价值观念，显示中国妇女的社会责任、能力、才华和贡献。

《中国妇女》还关心妇女生活，深入女性的婚姻家庭和内心世界，提供大量信息，对妇女就业、社交、婚姻、家庭、教育、健康等方面进行指导。它不仅有思想深度，也有可读性，受到社会各界的欢迎。

蔡畅致信申请加入国际妇联

1949 年 6 月 23 日，全国民主妇联主席蔡畅致信国际民主妇联主席欧仁·戈登夫人，申请加入国际民主妇联。1949 年 9 月 9 日，国际民主妇联作出决定，接纳中国全国民主妇联为会员。

在当时，根据国际妇联的调查，很多亚洲国家的妇女、儿童处于被占领、被压迫、被劳役，甚至降到非人待遇的苦难境况。因此，她们迫切要求召开亚洲妇女会议，以统一亚洲国家仍处分裂状态的妇女运动，并对争取民族独立的亚洲妇女给予道义上的援助。

国际妇联原计划在印度召开亚洲妇女代表大会，但是，由于印度政府没有答应，后来决定在中国举行。

1949 年 10 月 11 日，全国民主妇联第一届第二次执委会在北京召开，对准备亚洲妇女代表会议等问题进行讨论。

1949 年 11 月 9 日，蔡畅在北京新华社广播电台发表题为“迎接亚洲妇女代表大会”的讲话。讲话中传达了国际民主妇联决定将于 1949 年 12 月在我国北京举行亚洲妇女代表会议的消息。在讲话中，蔡畅号召全国妇女积极支持这次会议，共同为世界和平和妇女解放而斗争。

1949 年 12 月 10 日至 16 日，国际民主妇联首届亚洲各国妇女代表大会在北京开幕。

以邓颖超为团长的中国妇女代表团110人，同来自苏联、朝鲜、越南、印度、印尼、缅甸、马来西亚等国家的197名代表出席了会议。

在会上，国际民主妇联副主席、全国民主妇联主席蔡畅向大会致开幕词。国际民主妇联总书记瓦扬·古久里夫人向大会做了《关于国际民主妇联为民族独立与和平而斗争的报告》。国际民主妇联理事、全国民主妇联副主席邓颖超做了《亚洲妇女为民族独立、人民民主与世界和平而斗争的报告》。

会议通过了5个宣言和决议，在对团结亚洲妇女、争取国家民族独立、人民民主、保护妇女儿童权利等问题上都取得了共识。

在会议期间，中国人民解放军总司令朱德向大会致了贺词。会议还收到国外发来的贺电、贺信80多封，国内发来的贺电、贺信160多封。

为纪念会议的成功，我国的江西省、天津市、哈尔滨市分别制作了纪念章，赠给了参会代表。

这是由全国民主妇联首次承担并组织的国际性会议。通过这次会议，加强了亚洲各国妇女和世界妇女的团结，加深了各国妇女间的相互了解和友谊，确定了亚洲妇女运动的总方针，同时，也扩大了中国妇女与亚洲各国妇女的联系和影响。

1956年4月24日，国际民主妇联理事会会议在北京举行。

会场布置得非常气派，会标高悬在主席台的上方，图案是雪白的和平鸽为地球衔来橄榄枝。主席台后面竖立着各个国家的国旗，为会议增添了庄严的气氛。

大会在融洽友好的氛围中进行着，来自各国的妇女精英们会聚在一起，畅谈对未来妇女事业的构想。

国际民主妇联主席欧仁·戈登夫人在报告中说：

> 现在我要代表在北京参加会议的理事们荣幸地说：我们来到这个伟大的中国感到极为愉快，中国有着极为丰富灿烂的过去，而中国以无比热情和英勇气概创造着的未来将更加丰富灿烂。在斗争中取得了同男人平等的地位的中国妇女在新中国的积极生活中起着巨大的作用。同她们一起在国际民主妇联中工作，我们感到自豪，中国妇女粉碎了她们几百年的奴隶锁链，这样就给予了，而且现在也无时无刻不给予全世界妇女以伟大的榜样。请允许我在这里向她们的伟大妇女领袖们致敬。在解放斗争中，这些妇女领袖曾经是中国妇女英勇的引路人，而现在在建设她们伟大国家前途的工作中又是她们英明的领导人。
>
> …………

会后，蔡畅邀请欧仁·戈登夫人到她家里做客。戈登夫人欣然赴约，她们一起参加了北京的游园会。

戈登夫人对中国的风俗文化赞叹不已，表示不虚此行。

中央非常重视这次国际会议。在会议期间，周恩来夫妇特意举办了宴会，以招待各国的代表们。宴会场面非常盛大，不亚于理事会议。邓颖超还特别穿着旗袍，与周恩来陪同代表们进入宴会大厅。

新中国成立初期，中国妇联积极发展同世界各国妇女的友好交往与合作，为在全世界实现男女平等、妇女参与社会发展、维护世界和平进行着不懈的努力。

妇联宣传贯彻《婚姻法》

新中国一成立，人民政府就制定了一系列保障妇女权益的法律、法规，使妇女的各种权益得到法律的保护，妇女地位得到真正提高。

1950 年公布的《中华人民共和国婚姻法》中强调，要保障妇女婚姻的自主权。

全国妇联在各级妇女组织的配合下，首先进行了宣传贯彻《婚姻法》活动，保护妇女的利益。

1950 年 5 月 1 日颁布的《中华人民共和国婚姻法》是新中国的第一部法律。该法明确宣布：“废除包办强迫、男尊女卑、漠视子女利益的封建主义婚姻制度，实行男女婚姻自由、一夫一妻、男女平等、保护妇女和子女合法利益的新的婚姻制度。”

这一法律的颁布，给中国社会带来了一场大变革。对于广大妇女来说，更是一次翻身做主人的革命，是新中国妇女解放运动的重大革命。

《婚姻法》颁布后，全国范围的宣传活动轰轰烈烈地开展起来。全国妇联发出宣传《婚姻法》的通知。全国各地妇联会同人民政府、人民法院举办各种演讲会、座谈会、识字班及婚姻案件展览会，宣传《婚姻法》，鼓励妇女冲破封建枷锁，依法建立幸福家庭。

1953 年 2 月，为进一步贯彻中央人民政府政务院关于《婚姻法》的指示，中共中央、国务院规定 3 月为贯彻《婚姻法》运动月。同时，中央贯彻《婚姻法》运动委员会及其办公室在北京成立。邓颖超、史良任副主任，章蕴为委员，曹孟君为副秘书长。

在全国开展的大规模宣传和贯彻《婚姻法》的群众运动中，大量封建婚约得到解除，打骂、虐待妇女的现象迅速减少，自由恋爱、婚姻自主蔚然成风。经过几年的艰苦工作，终于从根本上打碎了几千年来封建婚姻制度所强加于妇女身上的枷锁，基本实现了婚姻自由。

1953 年公布的《中华人民共和国选举法》明确规定，妇女有与男子同等的选举权和被选举权。同年 12 月开始在全国范围内进行的基层选举，是中国有史以来第一次大规模的普选运动，90% 以上的妇女踊跃参加了投票，当选为基层人民代表的妇女占代表总数的 17% 。

1954 年的《中华人民共和国宪法》又进一步规定："中华人民共和国妇女在政治的、经济的、文化的、社会的和家庭生活各方面享有同男子平等的权利。婚姻、家庭、母亲和儿童受国家的保护。"所有这些法律，都从根本上改变了中国妇女的社会地位。

从此，中国广大妇女开始走上自主、幸福的生活道路。她们扬眉吐气，以空前热情投入到生产建设中，为社会主义改造和社会主义建设作出了不可磨灭的贡献。

三、 社会主义改造时期

●李玉第一个跳入水中，社员们见状也纷纷跳下水去，大伙儿架起门板，挥舞铁锹装泥加高圩堤，终于堵住了江潮决口。

组织妇女支援抗美援朝

1950 年 6 月，朝鲜战争爆发。当时，党中央作出了“抗美援朝、保家卫国”的战略决策，全国掀起了抗美援朝运动。

1950 年 11 月 11 日，全国民主妇联发表宣言《号召全国妇女开展抗美援朝保家卫国运动》。全国各地妇联都积极响应号召，支持抗美援朝运动。

在抗美援朝运动中，全国广大妇女在各级党委的统一领导和安排下，积极参加抗美援朝运动。全国各级民主妇联采取报告会、控诉会、回忆会等形式，利用报纸、广播、墙报、黑板报等宣传工具，有计划、有组织地在工厂、农村、机关、学校、街道开展大规模的宣传教育活动，使抗美援朝运动真正做到了家喻户晓、妇孺皆知。经过一系列的宣传教育，妇女群众的爱国主义和国际主义思想觉悟提高了，民族自尊心增强了。

1951 年 6 月 7 日，全国民主妇联发表了《响应中国人民抗美援朝总会发出的三项爱国号召的决定》。

在决定中，全国民主妇联号召全国妇女再接再厉，深入开展爱国公约运动，以增加生产、增加收入来踊跃捐献武器，并争取达到向祖国捐献“妇女号”飞机等光荣的目标；还号召全国妇女“关心和慰问中国人民志愿军、中国人民解放军、人民公安部队的家属、革命烈士家属和荣誉军人，并应协助政府经常地做好优待和抚恤工作”。

根据“决定”精神，各级民主妇联向广大妇女群众发出了这三项号召，并积极开展“推行爱国公约，捐献飞机大炮款，优待烈军属”的宣传工作。在全国广大妇女群众中，掀起了订立爱国公约、捐献飞机大炮款和做好优抚工作的高潮。

当时，在吉林省长春市，先后有两万名妇女订立爱国公约。长春市火柴厂、新华书店、橡胶厂等单位的女工，把提高产品的产量和质量作为爱国公约的内容，积极展开爱国主义的生产竞赛。

当时，战斗在抗美援朝第一线的吉林铁路区第一批女乘务员，在客运长刘玉华的带动下，投入到护送伤病员的工作中。她们以母亲的爱、姐妹的情，让受伤的战士感受到了家庭般的温暖。

新中国第一位女火车司机、全省模范司机田桂英带领“三八”包车组的同志们，克服重重困难，每天多拉六七节车厢，坚持工作 20 多小时，安全行车 10 万公里。长春市报话局的女话务员们，组成了“消灭差错突击队”。这支突击队及时传递信息，沟通前线与后方的联系，无一差错地完成了任务。

同时，广大城乡妇女全面开展服装加工工作，支援朝鲜战争。长春市民主妇联组织街道妇女成立 11 个军服加工厂，在短短的64天里，完成了加工3.9万套棉军服、4万件军大衣的生产任务。

农村妇女以种好粮、棉，交好公粮的实际行动进行捐献。吉林蛟河县黄松甸子劳动模范李淑清组织120名妇女、60名儿童，挑选出11万公斤最好的粮食送到前线。舒兰九区妇女主任带领全区1800名妇女，选出上等公粮13.5万公斤送给前线战士。许多妇女还将自己珍藏多年的首饰、银圆等捐献出来。

在支援抗美援朝运动中，为解决中国人民志愿军冬季野战吃饭遇到的困难，各级民主妇联动员妇女群众广泛开展晾晒干菜劳军活动。吉林郭前旗放新庙区的妇女共晾晒干菜3000多公斤。为了使前方的战士不吃冰窝头，郭前旗机关女职工夜以继日地炒了数十吨油炒面。

各级民主妇联还组织妇女群众及时帮助军烈属，开展优抚活动，解除了前方战士的后顾之忧。吉林桦甸县城关区永隆村妇女劳动模范黄素莲发动全村妇女开展拥军优属活动，帮助军烈属解决生产、生活中的困难，受到老百姓的称赞。

吉林蛟河县五家岗区的妇代会组织妇女群众，帮助35户军烈属打扫卫生、挑水、劈柈子、晾晒干菜，并建立了代耕责任制。吉林图们铁路分区妇女会，免费招待抗美援朝部队干部、战士的家属看电影、洗澡，带着慰问品到军烈属家去慰问。这些活动给前方战士以巨大的精神鼓舞，激发了他们的战斗意志。

在抗美援朝运动中，许多母亲动员儿子、妻子动员丈夫、未婚妻动员未婚夫、姐妹鼓励兄弟报名参军。

吉林省郭前旗洪泉区三棵树村孙老太太自愿把三个儿子送到部队参战。她的爱国行动影响了整个三棵树村的妇女，出现了母亲动员儿子、妻子动员丈夫、姐妹鼓励兄弟报名参军的动人场面。长岭县四区太平村女青年团员刘春芳主动推迟婚期，支持未婚夫参军，并照顾公婆承担全部家务。在她的带动下，长岭县有583名男子在母亲、妻子、姐妹的动员下参加了中国人民志愿军。吉林市有1000多名男青年在妇女组织的动员下参加了志愿军。

在征兵动员中，妇女不仅动员男子上前线，而且自己也主动报名参军参战。

1951年3月8日，吉林市召开了纪念三八国际劳动妇女节大会，会后有198名妇女报名参军，有420名女学生到军校学习，有961名女干部、女医务人员、女教员报名参加输血队。

长春女中有450名学生报名参加卫生队，她们自愿组成了输血队、服务队、担架队、慰问队、宣传队，准备随时到朝鲜前线去服务。东北师范大学中文系的女学生组织了“刘胡兰服务队”“丹娘救护队”，学习战地救护知识，时刻准备上前线。

通化地区女医务工作者们渡过鸭绿江，奔赴朝鲜前线，抢救援朝战士，80%的人立下了战功。刘波、唐桂英、李淑琴、王德荣、刘枫、高英、王佩环等女同志渡过鸭绿江到满浦、江界一带，把受重伤的战士们送到辑安，再从辑安转送通化。她们不分昼夜，不辞辛苦地救护伤员，在不到一年的时间里运送伤员达千人。

临江镇后台村拥军模范、村妇女主任邢淑杰带领全村 80 多名妇女，精心照料从朝鲜战场上受伤归国的战士们。她为战士端汤喂药、端屎端尿、拆洗被褥，待战士胜似亲人，她的事迹被抗美援朝慰问团编成了一首歌，在战士们和群众中广为传唱。

在抗美援朝运动中，在全国妇联的带动下，全国广大妇女或踊跃参加爱国生产运动，或踊跃缴纳爱国粮，或参加缝制军用被服工作，或捐献钱款，支援志愿军，为中朝两国的友谊和安全、为世界和平作出了不可磨灭的贡献。

组织妇女参加国家建设

1953 年 4 月 15 日至 23 日，中国妇女第二次全国代表大会在北京怀仁堂召开，到会代表 916 人。

在这次会议上，全国民主妇联副主席邓颖超做了《四年来中国妇女运动的基本总结和今后的任务》工作报告，报告中指出：

> 大力发动和组织广大妇女群众，充分发挥其潜在的劳动力量，参加工农业生产和祖国各方面的建设，是今后妇女运动的中心任务。

从此，在全国范围内兴起了妇女走出家门参加社会生产的热潮。广大妇女在全国各级妇联组织的带动下复工复业，参加生产劳动，城乡妇女纷纷走出家门，积极参加建设事业。

田桂英原是辽宁省大连机务段工人，是我国第一个女火车司机。

她是辽宁省大连人，1929 年出生在大连海港一个贫苦渔民的家庭里。从 7 岁起，她就跟着父亲起早贪黑下海捕鱼、抓蟹。1948 年大连解放后，她进了大连铁路局机务段，当了工人。

1949 年，大连铁路局机务段办起了职工夜校，田桂英同几位女友常常去听课。在那里，她懂得了许多革命道理。那时，职工夜校的一位政治教员在给学员们讲妇女解放问题时，用他的母亲作为例子，启发学员们的阶级觉悟。即使他的母亲在旧社会劳累了一辈子，也还是要挨丈夫的打骂。

这位教员说："旧社会的妇女，一切依靠男人，成天围着锅台转，遇着丈夫脾气不好，还得挨打受骂当奴隶。妇女要解放，首先要有不依靠男人的条件，那就是直接参加生产。"

这一堂课，给了田桂英极大的教育和启发。在新中国成立前的十几年中，她风里来，雨里去，饿着肚子下海捕鱼，从没掉过眼泪。可是这位教员的话却把她说哭了。她开始认识到，自己过去日夜梦想怎样去依赖男人，甘心做男人奴隶的想法是错误的。

从此，田桂英决心要过一种同过去完全不同的生活。要像男人那样，去学习技术，把自己的命运掌握在自己的手里。

有一天，田桂英到俱乐部看展览，她看到了一张苏联妇女开火车的照片，心里便萌发出了一个念头，她要像苏联妇女那样，争取当一名女火车司机。她说："如果有那么一天，要我的命也干！"

1949 年 5 月，经苏联段长提议，大连铁路局机务段决定培养一批女火车司机。消息传来，田桂英和几位女友十分高兴，商量着一起去报名。

机车上有三种工作：烧火的火夫、司炉和司机。要想开车就得先从当火夫开始。等把这几项工作都掌握熟练了，才能参加当司机的考试。因此，田桂英的第一关就是用铁锹往炉子里投煤，这滋味可真不好受。且不说男火夫投一天煤还累得腰酸腿疼，田桂英和几个女友就更困难了。她们干完一天活，满身煤灰活像个泥猴，呛得喉咙受不了，吐出来的吐沫都是黑的，身子像散了架似的，夜里浑身疼得连觉也睡不着，后来连饭也吃不下去。可是田桂英却从不哼一声，每天照常练习。两个星期后，田桂英要求上车烧火，段长答应了。

上车后，男同志 15 分钟投煤 280 锹，田桂英能投到 230 锹，工人们都很惊讶。副段长李庆荣伸出大拇指说："就凭这一点，你也能学成功。" 8 个月以后，经过考试，田桂英的成绩最好，升为正式火车司机。多年的梦想终于实现了。田桂英和她的女友们高兴极了。

1950 年，铁路局拨出一列火车，命名为"三八"号机车，交给田桂英驾驶。三八妇女节那天，田桂英作为火车司机，驾驶着"三八"号机车首次正式出车，到九月底安全行驶了三万公里，节煤 50 多吨。

1951 年"五一"国际劳动节时，田桂英和她的乘务组被选为出席东北铁路第二届劳模大会的代表。此次会议地点在哈尔滨，届时田桂英驾驶着"三八"号机车，载着各地的劳动模范们安全抵达哈尔滨。在这次劳模大会上，田桂英被选为东北铁路系统一等劳动模范。

同年 7 月，中长铁路大连第五分局开展了铁牛竞赛运动，田桂英和她的乘务组首先带头响应号召，并向“一五”号机车乘务组提出挑战，带动了其他车组，在整个机务段掀起了竞赛热潮。

1950 年，田桂英被命名为全国劳动模范，出席了全国工农兵劳模大会。

在参加社会生产的热潮中，广大农村妇女也都积极参加农业合作社。她们在农村改革、发展生产力的伟大事业中作出了重大贡献。

1951 年春，江苏南京浦口区顶山乡五宫村的 22 岁女农民李玉积极响应党中央号召，办起了“李玉农业生产互助组”。当时刚解放，广大农民在党的领导下分得了土地，由于生产资料、生产工具的缺少，因此农民自发地组织起来进行农业生产。

李玉第一个在南京市郊办起了农业互助组，这在当时是很有影响的，为南京市树立起了第一面互助合作的红旗，对当时广大农民走上农业集体化的道路起到了积极的示范作用。

“李玉农业生产互助组”生产上相互帮助，资金上相互支持，克服了许多困难，显示了集体生产的优越性。“李玉农业生产互助组”对周围单干的农民产生了很大的影响，他们纷纷要求加入互助组。不到半年，“李玉农业生产互助组”从 5 户增加到 46 户，耕地 123. 5 亩。

1952 年，“李玉农业生产互助组”又转为“李玉农业生产合作社”，李玉被推选为社长。“李玉农业生产合作社”坚持按劳分配，男女同工同酬，比较适应当时生产力的发展。从互助组到合作社，李玉一直带领群众与大自然斗、与落后思想斗、与旧的传统观念斗，在农业集体化的道路上每前进一步都凝结着她对党、对社会主义的无限热爱，记录着一场场的斗争考验。

建社那一年，小麦获得大丰收。“李玉农业生产合作社”获得了“华东地区小麦爱国丰产模范”的光荣称号。那一年，秋季水稻又获得好收成，社员们看到打谷场上珍珠般的稻谷，人人开心不已。

那年冬天，李玉被评为南京市劳模、华东地区农业劳动模范，又当选为南京市的妇女代表，赴京参加了全国第二次妇女代表大会。

1954 年 7 月，一场百年罕见的大水灾，使“李玉农业生产合作社”面临着一次严峻的考验。“李玉合作社”所在的尤家圩一边靠山，一边紧靠长江。7 月初，狂风暴雨连续下了两天两夜，山洪暴发，江水猛涨。“李玉合作社”的尤家圩堤险情迭生，李玉坚定地对社员们说：“只要有一点希望，我们就要保住尤家圩。”在漫水出险的地段，李玉第一个跳入水中，社员们见状也纷纷跳下水去，大伙儿架起门板，挥舞铁锹装泥加高圩堤，终于堵住了江潮决口。

“李玉合作社”抗灾保圩初战告捷，但大雨仍日夜下个不停，江水继续上涨，最终漫过堤顶把尤家圩淹没了。有的社员住房被冲倒，几百亩庄稼受淹，庄稼不收当年穷，合作社的生产、社员的生活受到严重威胁。

李玉根据区委关于“组织起来，生产自救”的部署，和社员骨干一方面安顿遭受水淹无家可归的社员，为他们修建房屋，一方面组织人力抢收山坡上没淹的庄稼，并开展多种副业生产，上山砍柴、挖药材、下水捕鱼摸虾，想方设法为大伙儿增加些收入。政府也及时发放生产贷款和救济款，帮助合作社渡过难关。

大灾之年，社员们仍能安居乐业，关键是党领导得好，合作社在抗洪救灾斗争中显示了优越性，在群众中树立了很高的威信。李玉社也由初级社转为高级社，李玉在与天斗、与地斗中得到了锻炼，学会了领导集体生产的本领。

李玉在党的培养教育下，先后担任了公社社长、党委书记、浦口区妇联主任、浦口区委副书记、区人大常委会主任等职。她还连续当选为第四届、第五届全国人大代表。

在我国流通的第三套人民币面额1元的人民币上，印有一位开着拖拉机的妇女，这个人物原型就是新中国第一位女拖拉机手梁军。

1930年，梁军出生在黑龙江省明水县的一个贫苦家庭。艰苦的环境磨炼了她敢闯敢干、不怕吃苦的性格。担水、做饭、缝补、洗涮，啥活都干。

苦孩子在苦中成长成熟，勤劳的孩子在劳动中磨炼意志。小时候的梁军爱劳动，但她更爱读书，在家境十分贫寒的情况下，她努力念到了小学四年级。

1947 年，黑龙江省在德都县创办了一所乡村师范学校“萌芽学校”。当时，17 岁的梁军说服家人来到了德都萌芽乡村师范学校学习，在这所半耕半读的学校里，她不但学到了科学文化知识，而且懂得了许多革命道理。

当时，梁军对苏联电影《巾帼英雄》中的女主人公安格林娜非常佩服，安格林娜带领全村男女一边打游击，一边开“铁犁”的情景深深地留在了梁军的记忆中。梁军暗下决心，有机会一定也要当一名拖拉机手。

1948 年，学校决定办农场，准备派学员去北安参加拖拉机训练班学习，梁军第一个报了名。两个月学习结束了，梁军和她的同学驾驶着三台苏式“纳齐”拖拉机回到学校。当梁军第一次驾驶“铁牛”跑起来时，心里高兴地喊着：“我也能像苏联女英雄一样开拖拉机为祖国建设做贡献啦！”

为了普及驾驶拖拉机的技术，梁军一面开荒，一面带徒弟。开荒几个月，全校一共带出 18 个拖拉机手，梁军一个人就带出了 8 个。

1949 年 9 月，黑龙江省召开了青年团代表大会，梁军出席了会议，被选为大会主席团成员。当人们向她祝贺的时候，她谦虚地说：“我只是你们当中的一个，让我们共同为美好的未来，有一分热，发一分光吧！”那一年冬天，她又出席了亚洲妇女代表大会。

在荣誉面前，梁军工作更加积极，全力以赴地培养女拖拉机手。到1950年6月，梁军带出的女拖拉机手已经发展到11人。

1950年6月，学校举行了隆重的命名仪式，宣布以梁军命名的新中国第一支女子拖拉机队成立。从此，梁军率领11名女拖拉机手驰骋在北大荒的原野上。

梁军时时以苏联小说《钢铁是怎样炼成的》中保尔·柯察金为榜样，以苦为乐，以苦为荣。当时，北大荒是天苍苍，野茫茫，风吹草低见豺狼。拖拉机有了，没犁杖，她们就到屯子里去借当年日本开拓团扔下的铁犁。一切准备就绪，拖拉机轰轰隆隆地开进了荒原。

开荒是技术活，培训班只讲了驾驶技术而没讲开荒技术，梁军她们就得自己琢磨。另外，拖拉机常出故障，出了故障就得马上修理。没有机械师，梁军她们也得自己摸索。她们驾驶着拖拉机在荒无人烟的野地里昼夜不停地开荒，吃的是水煮土豆，睡的是地窨子，每天工作12个小时，蚊子叮肿了脸，夜间作业还多次遇到狼。功夫不负有心人，随着实践的深入，梁军不仅成了优秀的驾驶员，而且成了出色的修理师。为了提高效率，不走空车，她还琢磨出了内翻法、外翻法和套翻法。

《黑龙江日报》《东北日报》先后报道了梁军的事迹，在全国引起轰动。1950年9月，梁军光荣出席了全国工农兵劳动模范代表大会。大会上，梁军作为农业代表受到毛泽东等国家领导人的亲切接见。1950 年 11 月，《人民日报》发表通讯《新中国第一位女拖拉机手》，梁军的事迹传遍全国。

一年后，梁军被保送到北京农业机械专科学校学习。1952 年，她通过考试升入北京农业机械化学院的农业机械系。上了大学，梁军发现自己的知识底子太薄，除了她实践过的并且十分熟悉的机械构造外，其他的如机械原理以及耕作学中涉及的化学知识等，学起来都很困难。但是，梁军拿出了垦荒的劲头儿，硬是啃下了这些硬骨头。毕业后，梁军到哈尔滨市工作，并当选为市妇联执行委员。

在参加工农业生产和祖国各方面的建设活动中，城市中的劳动妇女也起了模范带头作用。

劳动模范赵梦桃，1935 年生于河南洛阳。1951 年起，赵梦桃在西北国棉一厂做工。她平时严格律己，在生产上忘我劳动，虚心学习。

1952 年 5 月，赵梦桃当上了细纱挡车工。别人一个巡回用三五分钟，她只用 2 分 50 秒；别人在车头车尾闲聊，她上厕所都是小跑。不久，她被选为工会小组长、先进生产者。

1953 年 8 月，赵梦桃出席了全国纺织系统劳模大会。同年 9 月，赵梦桃加入了中国共产党。她兴奋地对大家说：“一个党员不能像我过去那样，只懂得好好干、下力干，还要懂得为谁好好干，为什么好好干，怎样好好干才行!”在第一个五年计划期间，她为了帮助姐妹们共同完成生产任务，曾十多次将使用顺手的好车主动让给别人，自己克服困难开陈旧的“老虎车”，并年年超额完成生产任务。

1956年9月，赵梦桃作为纺织工人优秀党员，被选为中国共产党第八次全国代表大会的代表，参加了具有重大历史意义的八大盛会。会后，她对人说：“现在，我才体会到要做人民勤务员这句话的意思，这句话深得很，深得很！谁要能真懂了这句话，就懂得什么是共产党员了。”此后，她处处以共产党员八项条件要求自己，更加关心生产、关心他人。

赵梦桃严于律己，对自己的生产和学习以高标准去衡量，从不强调困难；对同志却体贴入微，以一个共产党员的模范行动带动着别人，帮助着别人，不让一个伙伴掉队，不让周围有一个小组掉队。

从1952年起，赵梦桃创造了连续7年月月完成生产计划的先进纪录，并帮助13名工人成为工厂和车间的先进生产者。赵梦桃倡导和表现出来的“困难留己、方便让人”和“不让一个伙伴掉队”的思想品德，被陕西省概括为“梦桃精神”。她领导的小组被评为全国先进集体，赵梦桃也被评为全国劳动模范。

1962年，西北国棉一厂为了提高棉布质量，要求细纱工序减少条干不匀的现象，以便消灭布面上的粗细节疵点。赵梦桃为此刻苦钻研技术，在吸取其他纺织能手经验的基础上，摸索出了一套科学的巡回清洁检查操作法。按这种操作法，细纱车的清洁可得 100 分，粗细纱坏纱比过去减少 70% 左右，对提高棉纱条干均匀度和棉布的质量起了重要作用。

正当这株“红桃”繁花盛开的时候，她却因旧病复发住进了医院。之前她就因肺部患病住院手术。那时，她想的是工厂、工作，未等痊愈就回厂上班。这一次，她已成为身患绝症的重病号，但在卧床数月的日子里，她依然想着工厂、工人姐妹和新操作法的实施情况。为了不影响工厂的生产，她劝退了组织上派来护理她的姐妹；在刚能由护士扶着下床时，她就挣扎着自己洗脸、倒水，还帮助重病人洗脚、擦澡，为护士裁剪“油纱布”，还经常以“临时护士”身份，帮助护士做输液准备、打扫病房和爬上窗台擦窗子。护士和病友劝她休息，她总是说：“我能动，就要干！”

1963 年 4 月 27 日，陕西省人民委员会在咸阳召开表彰赵梦桃及赵梦桃小组先进事迹大会，代省长李启明宣布授予赵梦桃“优秀的共产党员、模范的共产党员、先进工人的典范”光荣称号。人们把最美好的词句献给这位被誉为“纺织战线的骄傲”的普通青年女工。她的事迹感染和激励着无数青年的心，她成为青年崇敬的榜样。

1963 年 6 月 23 日，这位把自己的青春年华全部献给祖国社会主义建设的细纱女工，不幸过早地被病魔夺去了年轻的生命。

赵梦桃虽然走了，但是她的精神却激励了各条战线上的妇女们，她们以赵梦桃为榜样，在自己的工作岗位上发光、发热。

当时，妇女们在各行各业的生产战线上涌现出许多先进模范人物。她们身上体现出来的主人翁责任感和艰苦奋斗精神，忘我的劳动热情和无私奉献精神，成为新时代中国妇女最宝贵的精神财富，她们成为几代人学习的楷模。

组织开展扫除文盲活动

1952 年 8 月 1 日，全国民主妇联向各级妇联发出《在妇女中推广速成识字法的通知》。

1957 年 10 月 30 日，全国妇联同教育部、全国扫除文盲协会、共青团中央联合发出《关于今冬明春农民文化教育工作的通知》。

在旧中国，妇女文盲比例达 90%。新中国为提高全民族的文化水平，有计划、有步骤地开展了群众性扫除文盲运动，先后于 1952 年、1956 年和 1958 年三次掀起扫盲高潮。从农村到城市都举办了各种识字班、民众夜校、职工业余学校，成千上万的妇女参加了扫盲学习。截至 1958 年，有 1600 万妇女摆脱了文盲状态，初步改变了中国妇女愚昧落后的状况。

在浙江省江山县茅坂村，村级妇女干部周爱仙积极响应党委、政府抓农业生产号召，夜以继日地走村串户，发动广大群众积极行动，投身农业生产。

为提高群众的文化知识，周爱仙利用业余时间创办农民夜校，开设了“扫盲班”，传授“速成识字法”。白天工作，晚上教村民识字，她就这样乐此不疲地奔波忙碌。

一次，周爱仙连夜赶往临近江西的“里塘坞”小山村授课，因天黑路滑竟一脚踩空掉入村民家的猪粪池中。而像这样的事，她自己也数不清有过多少回了。

经过多年努力，茅坂村有上千名群众在周爱仙的带领下脱下了“文盲帽”、告别了“睁眼瞎”。

1958 年 11 月，成绩突出的周爱仙光荣地加入了中国共产党，后任公社党委副书记。1959 年，周爱仙作为创办业余扫盲班成绩突出的基层妇女工作者，幸运地被评为全国劳动模范和浙江省教育系统先进工作者。

1959 年 10 月 1 日，周爱仙与来自全国各地的 400 多名劳模一起，参加了建国十周年庆典大会，并受到了毛泽东、朱德、陈云等中央领导的亲切接见。

在上海，妇女参加扫盲学习的热情高涨。1949 年新中国成立时，在上海家庭妇女中，文盲、半文盲占多数，她们采取“自办、自教、自学”的方法学文化。识字班、组从最初两三个逐步发展，到 1953 年，共有学员 61933 人。至 1956 年暑假，约有 6. 9 万余名妇女摘除了文盲帽子，在学的有 36 万余人。参加扫盲工作的女教师、家庭妇女约 1. 57 万人。

家庭妇女们除了参加文化学习外，还参加各种政治学习，如参加市、区妇联办的各种政治训练班，参加收听广播、读报组的学习等。至 1956 年，上海黄浦、卢湾、新成等区巩固下来的常年读报组有 775 组，约 1. 3 万余人。她们主要从《中国妇女》《解放日报》《新闻日报》《劳动报》等报刊上，选读学习有关时事形势、国家建设及妇婴卫生等方面的知识。还有8万多人参加了妇女知识讲座，学习全国民主妇联提出的“五好”要求和妇女解放理论等。

在各级妇联和政府的支持下，广大家庭妇女通过文化学习、政治学习，增长了知识，扩大了视野，开阔了胸襟。仅1958年一年，全国就有600多万妇女摆脱文盲状态，大批知识妇女成为各个行业的建设者，在建设国家的安全卫生、公共福利、调解纠纷、文化娱乐等活动中发挥了重要作用。

开展“五好”家庭活动

1956 年，全国妇联发出号召，在全国所有家庭中开展以“勤俭持家好，团结互助好，教养子女好，清洁卫生好，努力学习好”为内容的“五好”家庭文明建设活动。

早在 1953 年，天津市妇联就开展了“五好”活动。针对当时部分职工家属中存在的问题，如：过日子没计划、生活安排不好、家庭不和睦、邻里不团结、对子女缺乏正确教育方法等，在职工家庭中开展了“保证职工吃好、休息好，鼓励职工出勤好；团结互助好；卫生好；学习好；教育子女好”的活动。

1956 年，全国妇联统一要求，进一步在全国所有家庭中开展“五好”家庭文明建设活动。

1956 年“三八”节前，上海市民主妇联为了进一步调动家庭妇女的积极性，在家庭妇女中广泛宣传“五好”要求：

> 爱国、爱党政治思想好；生产、工作、学习好；勤俭持家、清洁卫生好；扶养老人、教育子女好；团结友爱、互助合作好。

号召她们争做“五好”积极分子。

因此，广大家庭妇女响应号召，积极安排好家务，加强对子女的教育，关心亲人的生活和生产，日常生活精打细算，为国家节省粮、煤、水、电，有的把节余的钱存入银行，支援国家建设等。

此外，她们还参加文化、政治学习，邻里间相互关心帮助等。通过群众评选，家庭妇女中荣获市、区二级“五好”积极分子称号的有11170人。

同年11月29日至30日，上海市民主妇联在市政府大礼堂召开市“五好”积极分子大会，有1981人出席。上海市委书记、副市长许建国，全国妇联主席蔡畅等到会并讲话。

蔡畅说：

> 家庭妇女姐妹不仅数量大，而且和职工朝夕相处，休戚相关，家庭妇女们的思想行动、治家态度和职工的生产、工作密切联系着，对祖国社会主义建设有一定的影响。

她要求家属姐妹们要不断学习，努力提高自己的社会主义觉悟；发扬优良传统，勤俭建国，勤俭持家；培养有社会主义道德的接班人；团结和改善邻里关系；发扬集体主义精神。她还阐明了家务劳动的社会意义和作用，指出了努力方向。

在1959年，天津市就评出“五好”积极分子2500余人，其中市级500人，区级2000余人。

“五好”家庭文明建设活动作为妇联的主体活动之一。通过几年创评，在全国城乡家庭中已深入人心，家喻户晓，全社会形成了尊老爱幼、男女平等、夫妻和睦、勤俭持家、邻里团结的良好风气，得到了各级党政领导的认可及社会各方面的赞扬，妇联活动也因此打出了自己的品牌和特色。

开展团结工商界妇女活动

1956 年 3 月 29 日至 4 月 6 日，全国民主妇联同中国民主建国会、中国工商业联合会在北京联合召开全国工商业家属和女工商业者代表大会。

毛泽东等党和国家领导人及各民主党派负责人接见了全体代表。大会通过了《告全国工商界姐妹书》。

1956 年 3 月下旬，江南春意盎然，北方还在飞雪。1000 多名身着盛装、喜气洋洋的工商界妇女代表，从祖国的大江南北，从全国的大小城镇，欢聚到首都北京，参加中国民主建国会、中国工商业联合会和中华全国民主妇女联合会召开的全国工商业者家属和女工商业者代表会议。

这是我国在对资本主义工商业的社会主义改造取得重大胜利的时刻召开的一次具有历史意义的盛会。

邓颖超代表中华全国妇女联合会向全体代表表示热烈的祝贺，并以《跟着祖国前进，为社会主义贡献力量》为题，做了重要报告。在报告中，她指出：

全国各民族各阶层的妇女，正在社会主义的道路上前进。很多妇女成为优秀的劳动英雄、工作模范和社会主义积极分子，她们的成就，受到国家的重视和社会的尊敬。社会上重男轻女的思想已经基本上有了改变，中国妇女已经被公认是建设社会主义社会的不可缺少的巨大力量，妇女群众已经认识到只有走社会主义道路，才能获得彻底解放。

对于工商界的妇女来说，也只有在社会主义社会里，才有真正的幸福和光明的前途。旧社会中的女工商业者，特别是中、小工商业者，差不多都有过痛苦的亲身体验。

她们的事业正如同一切民族资本的企业一样，经常在风雨飘摇之中，受到帝国主义和官僚资本的庞大势力的排挤和摧残，有的破了产，不破产的随时都有破产的危险。妇女的身份使她们往往遇到加倍的困难。她们的能力和事业得不到社会的真正尊重，有时成为统治阶级的粉饰品，有时反而只受到讥笑。

至于生活在工商业者家庭里的妇女，在旧社会里虽然过着阔绰或宽裕的物质生活，但精神上往往有许多苦闷。

……

几年来，工商业者的家属和女工商业者接受共产党和政府的领导，响应党和政府的号召，拥护国家对资本主义工商业的社会主义改造政策，发扬了她们的爱国热情，经过不断的努力，她们的觉悟程度不断提高。特别是在资本主义工商业的社会主义改造高潮中，广大的工商业者家属更加积极和踊跃，涌现了许多积极分子。女工商业者在企业改造的各种具体工作中，直接地发挥了作用。

工商界的姊妹们应该进一步认识自己的力量，重视自己的作用，加强进一步改造的信心，继续努力。任何人为社会主义出力越多，对国家的贡献越大，就越能受到社会的欢迎和尊重。

邓颖超号召说：

亲爱的全国工商界姊妹们，各位代表们！民主妇女联合会是各民族、各阶层，包括工商界妇女在内的广大妇女群众的组织，是为妇女群众服务的团体。今后各级民主妇女联合会一定要更加热情地关心你们，支持你们克服困难，帮助你们进步，密切和你们的联系，同你们一起进一步地开展工商业者家属和女工商业者的工作，在社会主义改造事业中，做出更多、更好、更大的成绩来！

亲爱的姊妹们，奋勇前进吧！祝你们跟着祖国一道前进，为社会主义发挥更大的力量，作出更多的贡献！

邓颖超还结合当时的形势和任务，向工商界妇女们提出了5项要求：

鼓励自己的家人，进一步接受社会主义改造，积极搞好企业的生产经营；搞好家务，教育好子女，建立团结和睦的家庭；树立劳动光荣的思想，养成劳动的习惯；积极学习，参加社会活动和社会公益事业；扩大团结面，培养更多的积极分子，带动广大的工商业者家属前进。

邓颖超亲切诚恳、感人至深的讲话，如春风化雨温暖了工商界妇女们的心。她们高兴地说："邓颖超的报告使我们工商界妇女的解放找到了方向，帮助我们认清了前途，掌握了命运，坚定了走社会主义道路的信心和决心。"

在会上，工商界妇女们在纷纷表决心的基础上共同酝酿制订了《全国工商业者家属和女工商业者代表会议告全国工商界姐妹书》，把邓颖超提出的5项要求作为今后共同努力的5项任务，向全国工商业者家属和女工商业者发出倡议。在当时，这个倡议不仅推动了全国工商界妇女工作的蓬勃开展，而且成为长期行动的纲领，推动工商界妇女和全国人民一起，在党的领导下，沿着社会主义道路不断开拓前进。

在当时的女工商业者中，汤蒂因是一个支持社会主义改造的代表。汤蒂因原是上海绿宝金笔厂经理，公私合营后，任上海市制笔工业公司兼英雄金笔厂私方经理。

在党中央的关怀下，通过她的亲身经历，汤蒂因深刻地认识到：

民族工商业者只有跟党走社会主义道路，才有光明的前途！

汤蒂因于1916年生于上海。小学毕业后考入益新教育用品社当营业员。1933年，汤蒂因离开商店，自己开办现代物品社，经销金笔、文具用品。

八一三淞沪抗日战争爆发，汤蒂因设法向西南地区发展销路，开设了上海现代物品社昆明分店。当时，由于日军侵占越南边防，经该地中转的100多箱文具用品遭洗劫，商店受到严重损失，无法维持。

1944年元旦，汤蒂因又在上海卡德路开设现代教育物品社门市部。1948年创办绿宝金笔厂，从事民族制笔工业。

新中国成立后，汤蒂因带头接受社会主义改造，先后与两个同业厂合并，组成绿宝金笔厂股份有限公司，任总经理，并积极参加企业公私合营。

1953年冬天，汤蒂因到北京出席全国工商界代表会议。

周恩来到会接见全体代表时，亲切地问汤蒂因：“你打算公私合营吗?”

汤蒂因说：“恐怕厂小，不够条件。”

周恩来说：“不论大厂、小厂，愿意走社会主义道路的，我们都欢迎。”

会后，汤蒂因就提出申请接受公私合营。不久，北京和上海绿宝金笔厂先后得到批准，实行公私合营。

1954 年秋后，汤蒂因以中小工商业者的身份，当选为第一届全国人民代表大会代表。在北京开会时，她就向周恩来做了汇报。

周恩来点头说：“这很好，但你不能光自己的厂合营就算了，要带动同业争取全行业公私合营。”

汤蒂因回答：“我们是穷行业，大多是小户、困难户，实在条件太差了。”

周恩来微笑着对汤蒂因说：“越是穷越是要革命，条件差可以创造条件嘛。”

在周恩来的指示鼓舞下，汤蒂因回上海立即向主管领导提出了这一要求。

当时，制笔工业因为投资少，设备简单，夫妻俩在亭子间里就可开厂，一度盲目发展到 1000 多户。因为粗制滥造，相互竞争，造成产品积压，除接受国家包销的 60 多户外，其余大多倒闭，剩下的也是处于停工、停火、停薪的困境。为此，国家决定实行“统筹兼顾、全面安排”的方针，生产由国家统一布置，由大厂带小厂、先进带落后，全行业合并为90多户，又成立国营制笔工业公司，领导生产，并为全行业公私合营创造条件。

经过积极筹备，1955年12月，国家批准制笔行业公私合营。从此，生产突飞猛进，不论大、中、小生产户，全都欢欣鼓舞。

1955年12月25日，当时制笔工业已经批准全行业公私合营，正在迎接上海市公私合营高潮的到来。那天，汤蒂因正在公司办公，突然接到电话，通知她参加重要会议。刚到会场，上海市市长陈毅就把汤蒂因引入接见大厅。

当时，大厅里灯火辉煌，汤蒂因一眼便看到了毛泽东主席精神焕发、红光满面地端坐在大厅正中。汤蒂因当时真不敢相信自己的眼睛了。

这时，陈毅向毛泽东介绍说：“这就是制笔工业公司的私方经理汤蒂因。”

毛泽东笑着向汤蒂因伸出了那只扭转乾坤的手，慈祥地对汤蒂因说：“金笔汤！你要做好社会主义企业的经理啊！”

顿时，一股暖流流遍全身，汤蒂因紧紧握着毛主席温暖的手，禁不住热泪盈眶，激动得话也说不出来。

毛泽东指着座位让汤蒂因坐下，这时汤蒂因才看清到会的都是各界知名人士。这次接见给了汤蒂因努力学习、积极工作的巨大动力。

1956 年，在举国欢庆全国工商业公私合营的春天，汤蒂因出席中国人民政治协商会议二届二次会议，毛泽东又一次亲自接见了汤蒂因。那是在会议休息时，邓颖超带汤蒂因去见毛泽东。

毛泽东关切地问汤蒂因：“金笔汤，你们制笔工业全行业公私合营有强迫命令的吗?”

汤蒂因回答：“我们学习了主席关于认清社会发展规律掌握自己命运的教导，都是自愿的。”

毛泽东又问：“目前还有什么问题吗?”

汤蒂因说：“家、厂不分的小厂有两个问题：一是老板娘要求带进合营厂；二是在清产核资时，生产资料和生活资料难以划分。”

毛泽东听了汤蒂因的汇报，亲切地说：“清产核资时，对生活资料划得宽一些，体现政府从宽从事的政策。小厂老板娘要带进合营厂，不要影响她们原有的生活。”

接着，毛泽东又叮嘱汤蒂因：“你就是要多关心小企业的、女的私方人员，要多做调查研究，提出解决办法，供政府参考。”

毛泽东的话像一股暖流，让汤蒂因感到党中央对中小工商业者的关怀是多么周到、体贴入微。

在全国工商业家属和女工商业者代表大会后，民建中央、全国工商联以及各省市两会都相继成立了工商界家属学习委员会，后改为工商界家属工作委员会。全国各地工商界的妇女们按照邓颖超的要求行动起来。

从此，工商界家属们在帮助亲人接受社会主义改造的同时，也进行着自我改造。很多妇女走出家门，有的参加生产劳动，有的参加街道工作，有的在街道或单位办起了食堂、托儿所、幼儿园，有的成为家属工作的骨干分子，还有的成为工人和国家干部。在各项工作中，她们都起了骨干带头作用，尤其在我国的工商业改造过程中，作出了应有的贡献。

发展妇女儿童福利事业

1951年10月3日至12日，中华全国民主妇女联合会在北京召开第一次妇女儿童福利工作会议，出席会议的代表有150多人。

全国妇联福利部部长康克清主持了会议，并做了《两年来全国妇女儿童福利工作的情况、经验和任务》的报告。报告首先指出了妇女儿童福利工作的重大意义："妇女儿童福利工作不仅关系着妇女解放的事业，而且关系着国家的建设和民族的繁荣。"提出要"运用群众的力量，采用多种多样的办法，来解决群众自己的问题，为更多的劳动妇女及其子女服务"。

接着，康克清对建国两年来的妇女儿童福利工作做了总结：

中华人民共和国成立两年来，由于中国共产党与中央及各级人民政府的领导、支持，以及各级民主妇女联合会本着全国妇女第一次代表大会对于妇女儿童福利工作所确定的"以生产为中心，为广大体力、脑力劳动妇女及其子女服务"的方针，与各有关团体密切配合，与社会热心人士团结合作，使全国的妇女儿童福利事业随着国家经济的恢复与发展，而逐步从少到多、从小到大、从旧到新地发展起来。

目前在全国各地已改造了旧产婆约 10 万人，建立了接生站和妇幼保健站 1 万多处。婴儿因患破伤风而死亡的比率已逐渐降低。逐渐打破了封建迷信的思想，减少了妇女儿童的疾病，因而使清洁卫生和预防接种成了群众性的自觉的运动。

……

在以上的这些工作中，各级民主妇女联合会曾经起了宣传、教育、组织、动员的作用。因此，政府的卫生部门也认为妇联是在他们进行工作时的一个不可缺少的配合力量。

其次，全国各地建立了 15700 多处儿童福利机构，包括各种托儿组织、幼儿园、儿童救济机关，使 52.7 万多名儿童的母亲解除了或减轻了在劳动中所受孩子的牵累，使在工厂工作的母亲们得以全力参加生产，有些在生产竞赛中获得了集体的或个人的模范称号。在农村，凡在农忙季节成立了农忙托儿组织的地方，生产效率一般都提高了。例如河南全省 1951 年组织了 3582 个换工互助带孩子组和 76 处农忙托儿所，使 2.7 万多个孩子的母亲得以全力参加农业生产，因而使生产效率提高了 1/3，有的提高了一倍。

各级妇联福利部门还配合当地有关机关组织在职的儿童福利工作者进行了政治或业务的学习，并举办了171期保育人员短期训练班，培养了7800多名保育人员。

在报告中，康克清还总结了两年来妇女儿童福利工作的经验和问题，并提出了以后妇女儿童福利工作的任务。

在会议期间，全国妇联名誉主席宋庆龄到会与全体代表见面，中共中央宣传部副部长胡乔木向会议做了政治报告。会议分析了两年来各地妇女儿童福利工作的情况，确定了今后工作的方针任务。

会议确定了今后工作的方针任务，首先是在广大劳动妇女中推广妇婴卫生和育儿常识；配合政府行政部门，大力普及推行新法接生，宣传育儿知识，减少妇女生育的疾苦，降低婴儿死亡率。

1951年11月5日，中共中央向各省、市、区党委、地委、县委转发全国妇联党组《关于召开第一次妇女儿童福利工作会议向中央的报告》并加以批示。

1951年11月26日，中国人民保卫儿童全国委员会成立。宋庆龄当选主席，康克清当选为秘书长。

在这次会议后，各级妇联在全国妇联的领导下，结合国家经济建设，协助政府、依靠群众、联合有关机关团体、运用社会各方面力量，积极为参加生产、工作的劳动妇女及其子女服务，进一步做好妇女儿童的保健工作。

到 1952 年 12 月，全国各地训练、改造接生员 24.3 万人，妇幼保健员 3.3 万人，已建立的接生站 32447 处、妇幼保健站 3190 处。各地还采用了各种方法进行宣传妇婴卫生及育儿知识，如哈尔滨制订了一个宣传妇婴卫生的三年计划，要使全市妇女懂得妇婴卫生、育儿知识。

在儿童保育方面，全国在城市中建立的公私立职业妇女和工矿托儿所 2738 处，受托儿童 10 万多人，比新中国成立前增加了 22 倍多。新中国成立后新成立的各种类型的街道托儿站 4346 处，受托儿童 3 万多人。在广大农村中，建立的农忙抱娃娃组和简便托儿所 14.8 万多处，受托儿童 8.5 万多人，比 1951 年增加了 10 倍半以上。

妇联在这些工作中，起了宣传、动员、组织和推动的作用，成为政府卫生部门推行新法接生和妇幼卫生工作中不可缺少的帮手，而且使整个妇女工作更深入群众。

在 1955 年 11 月 21 日至 12 月 1 日，全国民主妇联在北京召开第二次妇女儿童福利工作会议。会议进一步明确了今后妇女儿童福利工作的方针，在农村以农业合作化运动为中心，在城市以服从社会主义工业化及手工业社会主义改造为中心为广大妇女及其子女服务。

1956 年 12 月 1 日至 11 日，全国民主妇联第三次妇女儿童福利工作会议在北京召开。在会上，代表们着重讨论了农业合作化运动中妇女的劳动保护问题及农村、城市的托儿工作问题。

在发展妇女儿童福利事业的工作中，全国妇联积极建立妇幼保健机构，普及新法接生，发展托幼事业，解除妇女后顾之忧，制定女工劳保条例，落实妇女四期保护措施。所有这些工作，都十分有效地提高了新中国妇女的身心健康程度，保护了妇女的基本权益。

三、 社会主义建设时期

●申纪兰还唱着自己编的山歌给大家鼓劲加油："走一岭又一岭，小花山上去播种。现在种下松柏籽，再过几年满山青……"

●黄永腾说："只要我活着，我就要为孩子们做点事。只要少先队组织还需要我，我就要将辅导员的事业进行到底。红领巾我要终生佩戴！"

●张大娘给张士珍倒一杯开水，说："傻孩子，下这么大雨还在外边，等雨停了再去吧！"

确立妇女工作“两勤”方针

1956年9月，党召开了第八次全国代表大会。

会议分析了我国生产资料社会主义改造基本完成后社会主要矛盾的变化，指出了全国人民的主要任务：

> 集中力量发展社会生产力，实现国家工业化，把我国尽快地从落后的农业国变为先进的工业国，以满足人民日益增长的物质文化的需求。

党的“八大”后，如何根据大会精神制定妇女工作的方针、如何动员妇女群众贯彻执行党的“八大”规定的主要任务是全国妇联必须回答的重要问题。

为此，全国妇联一面组织广大妇女认真学习、领会中共“八大”精神，一面积极筹备召开第三次全国妇女代表大会。

根据全国妇联章程，全国妇联决定在1957年9月召开中国妇女第三次全国代表大会，以总结中国妇女第二次全国代表大会以来的妇女工作，讨论并决定今后妇女工作的方针任务。

全国妇联报告的起草工作是召开“三大”的重要准

备工作之一，由全国民主妇联副主席兼秘书长章蕴直接领导，罗琼和董边执笔，从1957年初开始至9月初结束。

1957年8月14日，邓小平主持党中央书记处会议，讨论中国妇女“三大”的送审稿。所有参会的中央书记处同志都发表了自己的意见和建议。最后邓小平总结发言，他明确指出：

> 根据党的“八大”精神，社会主义建设时期妇女工作方针，应该是“勤俭建国、勤俭持家，为建设社会主义而奋斗”。这不是一个时期的方针，而是建设社会主义时期妇女工作长期的根本方针。妇女“三大”要开成动员全国妇女勤俭建国、勤俭持家，为建设社会主义而奋斗的大会，报告的题目也应该用这个。报告的重点应放在今后的工作方针任务方面，要从多方面讲勤俭建国、勤俭持家的重要性，讲勤俭节约对国家、广大人民以及妇女群众的好处，讲妇女的作用，要讲深讲透。

邓小平的讲话使报告起草小组的同志豁然开朗，从而更加明确了今后妇女工作的方针任务和报告进一步修改的方向。

妇女“三大”报告稿经过进一步修改后，送交中央政治局讨论，刘少奇主持会议。他最后发言说：“这个报告基本上是好的，勤俭建国、勤俭持家的方针是正确的。妇女工作有了一套方针政策是一大进步。妇女工作必须围绕党的中心工作任务，发动妇女参加，奉献自身力量。”

以“两勤”方针作为社会主义建设时期妇女的工作方针，是中国进行社会主义经济建设时期对妇女提出的要求，也是经济落后的中国发展工业化、多快好省建设社会主义的需要。

当时，我国在一穷二白的基础上建设社会主义，迫切需要资金，而资金的积累不能依靠对外的资源占有，只有靠我们自力更生，靠全国人民克勤克俭、艰苦奋斗才能实现社会主义建设。妇女工作只有执行“两勤”方针，才能发挥妇女的优势和巨大力量，同男同胞团结一致，把社会主义建设事业推向前进。

当时，毛泽东也指出：

> 要使全体干部和全体人民经常想到我国是一个社会主义的大国，但又是一个经济落后的穷国，这是一个很大的矛盾。要使我国富强起来，需要几十年艰苦奋斗的时间，其中包括执行厉行节约、反对浪费这样一个勤俭建国的方针。

1957 年 7 月，毛泽东在《一九五七年夏季的形势》

中又指明了勤俭建国、勤俭持家的重要性。他写道：

> 农村中，勤俭持家应当和勤俭办社并提，爱国、爱社应当和爱家并提。为了解决勤俭持家问题，特别要依靠妇女团体去做工作。

“两勤”方针就是这样根据党的“八大”精神，在中央领导人邓小平的亲自指导下，刘少奇等领导的肯定下确立的。

正式提出“两勤”工作方针

1957年9月9日至20日，中国妇女第三次全国代表大会在北京举行。

参加会议的各族各界代表共1297人。党和国家领导人刘少奇、周恩来、朱德、陈云、邓小平等出席了开幕式，毛泽东等接见了会议代表。

在会上，全国民主妇联副主席章蕴做了题为《勤俭建国、勤俭持家，为建设社会主义而奋斗》的报告。

报告总结了自1953年以来，中国妇女地位发生的巨大变化，指出了当时中国妇女的任务，并强调：

> 建成社会主义，必须执行毛泽东提出的勤俭建国的方针。要勤俭办厂，勤俭办社，勤俭办一切事业，还要勤俭持家。妇女对勤俭持家更担负着特殊重要的责任。
>
> ……

报告对“勤”和“俭”做了进一步的阐释。指出：

> 勤，就是辛勤劳动；俭，就是厉行节约。勤可以增加生产，增加收入；俭可以减少浪费，

增加积累。两者结合起来，既可以建好国，又可以持好家。

……

报告号召妇女积极劳动、努力节约，从生产上、工作上以至日常生活中树立劳动光荣、节约光荣的思想。

报告指出，妇女对勤俭持家担负着特殊重要的责任，希望妇女在治理家庭时：

首先是厉行节约、精打细算，有计划地过生活。努力节约每一两粮食，节约每一寸棉布。把精打细算、计划好家庭经济开支、重视储蓄，“当成一种生活制度”。其次，在可能的条件下，积极开展多种多样的家庭副业生产。

报告批评了片面依赖国家集体而不努力，依靠自己的力量来克服困难的错误思想。批评爱虚荣、讲排场、比吃比穿、大吃大喝、铺张浪费的现象，号召妇女们“坚持同好吃懒做、铺张浪费的恶劣风气作斗争”，“使勤俭持家的新风气在社会上普遍建立起来”。

这次会议通过了《勤俭建国、勤俭持家，为建设社会主义而奋斗》的报告，并把“勤俭建国、勤俭持家，为建设社会主义而奋斗”正式确定为我国妇女工作的根本方针。

会议还通过了《中华人民共和国全国妇女联合会章程》。根据章程规定，全国民主妇联改名为中华人民共和国全国妇女联合会，简称“全国妇联”。

会议选出了全国妇联第三届执行委员202人，候补执行委员43人。选举宋庆龄、何香凝为第三届名誉主席，蔡畅为主席。

全国妇联“三大”确定了“勤俭建国、勤俭持家”为根本方针，得到了中央的高度重视。

1957年11月16日，中共中央以中发〔57〕戌28号文件批转全国妇联党组《关于中国妇女第三次全国代表大会情况的报告摘要》，对这次大会给予了充分肯定，并要求各级党委领导妇联组织把“勤俭建国、勤俭持家”精神贯彻到广大群众中去，使勤俭的作风成为男女群众自觉的行动和新社会的美德。

1957年12月24日，国务院总理周恩来在上海举行的各界妇女座谈会上，勉励妇女要勤俭持家，并把勤俭持家的精神通过她们的丈夫和父兄子女贯彻到勤俭建国、勤俭治军、勤俭办社、勤俭办企业和勤俭办一切事业的各个方面。

中共中央副主席朱德也在《中国妇女》杂志上发表题为“勤俭持家”一文，文中指出：

> “勤俭持家”包括勤和俭两方面。“勤”就是要多方面增产。“俭”就是要多方面节约。在

贯彻执行勤俭持家方针的时候，应该从勤劳生产、厉行节约和有计划地安排家务开支等方面努力，勤俭持家人人有责。妇女是家务的主持者，应负有更大的责任。如果每个妇女都能勤俭持家，就可以对社会主义建设事业作出重大贡献。

从此，妇女们在全国妇联的指导下，为把我国建设成繁荣富强的社会主义国家而积极工作在各条战线上。

掀起贯彻“两勤”热潮

1957年9月，第三次全国妇女代表大会提出了“勤俭建国、勤俭持家，为建设社会主义而奋斗”的号召。

在中国妇女第三次全国代表大会结束后，全国妇联采取行动积极贯彻“两勤”方针。

11月26日，全国妇联向各级妇联发出《关于结合当前中心工作大力宣传勤俭持家的通知》，要求各地妇联在当地党委领导下，针对人民群众思想及生活情况，广泛深入宣传“勤俭持家”的号召，进一步树立“勤俭持家”的社会风尚，争取在春节前后出现一个宣传“勤俭持家”的高潮。

11月30日，全国妇联书记处第一书记罗琼出席了河北省勤俭持家积极分子大会并在会上讲话，提出：

> 全国妇女应“勤俭建国、勤俭持家”，为建设社会主义做贡献。妇联组织对于宣传贯彻执行“勤俭建国、勤俭持家”方针负有重大的责任。推行勤俭持家，要坚持教育方针，主要是思想教育工作。应结合当地中心工作，广泛深入宣传勤俭持家的意义、表扬勤俭持家的模范、推广勤俭持家的经验。

为推动各地传达中国妇女第三次全国代表大会精神，妇联及其机关团体企事业单位，通过各种形式的座谈会、展览会以及辩论会，结合“五好”家庭活动进行勤俭节约宣传教育。

在各级妇联的组织倡导下，各省掀起了“勤俭建国、勤俭持家”运动的高潮。

农村妇女除参加集体生产劳动外，还积极开展庭院经济生产；城市中配合劳动局、民政局将家庭妇女组织起来，从事纺线、缝袜子、纳鞋底、织毛活、絮被褥棉衣、订本子等分散性生产。

广大妇女还精打细算，力争为国家节约一粒米、一寸布、一滴水、一块煤、一度电。妇女们创造了“劣煤优质法”“旧衣翻裁法”“衣料套裁法”等许多方法，节省了大量吃、穿用品。

当时，根据辽宁省47个县市统计，1957年共节约粮食12万吨，1957年8月到12月煤炭销售量比1956年同期减少15万吨，棉布销售量减少了3500万米，全省1957年群众储蓄额比1956年增加了800多万元，其中妇女作出了重要贡献。江苏省妇联把“勤俭持家”口号具体化，提出了“三防、三养、四自给”，并帮助农民制订勤俭持家的家庭计划。

“两勤”运动的开展为国家节省了大量财富，各地涌现出了许多勤劳节俭的先进人物。湖北孝感朋兴乡的晏桃香就是典型代表。

晏桃香的丈夫早逝，留下4个孩子和一笔债务，痛苦和绝望几乎将她吞噬。在乡党委的关怀下，她积极参加互助组、初级社、高级社，全家人“像一窝燕子那样的忙”。同时，晏桃香尽可能节俭，家务安排得井井有条，终于还清了外债，日子也越过越好。

晏桃香为了感谢党给了她一家新生活，爱社如家，她把社里的一头小瘦牛牵回家喂养得又肥又壮，还冒雨保护了社里3000公斤小麦。因此，晏桃香被评为特等劳动模范，并被推荐为湖北省孝感县朋兴乡和平二社管委会副主任，并加入了中国共产党。

当时，陈毅副总理在《中国妇女》杂志上赋诗赞扬她“是新中国千百万妇女中的典型，也是几万个典型妇女中的一个”。

经过“双勤”方针的教育，勤俭持家之风在广大妇女中初步形成，涌现出大批勤俭持家的积极分子，创造出许多过节俭生活的好经验。

“两勤”方针也唤起了全国妇女当家做主的巨大积极性。广大妇女学文化、学技术，通过刻苦学习、实践，成为技术革新能手。

在这千千万万的妇女中，劳动模范武阿娣就是其中的一位。

武阿娣是江苏盐城人，她于1954年10月加入中国共产党。1959年，武阿娣担任了上海国营大孚橡胶厂成型车间长筒靴绷面生产小组的组长。她钻研生产技术，注意改进操作方法，使日产量从163双提高到252双，劳动生产率提高了52%，最高达到310双，成为行业中日产量最高的一个，成型副次率比指标降低25.33%。因此，武阿娣被职工誉为“人小手巧，说到做到的制鞋能手”。

武阿娣还主动把自己的经验传授给其他同志，不仅使全工段劳动生产率提高20%，而且解决了头皮起泡等质量难点。同时，武阿娣还热情做好组员的思想工作，并在经济上与工会组长一起帮助组员解决困难，调动了职工的生产积极性。

1954至1956年，武阿娣连续三次被评为上海市劳动模范，1959年被评为全国劳动模范，出席全国群英会。1960年被评为全国三八红旗手。

当时，在全国纺织战线上有一位有名的革新创造能手叫章瑞英。

章瑞英是江苏省无锡市振新纺织厂穿筘工人。章瑞英11岁开始当童工，在资本家、工头的打骂中长大。那时，她虽然已经掌握了一定的技术，可一直拿不到正式工人的工资。无锡解放后，章瑞英很快被提升为穿筘上手工，她的才能才得到了充分的发挥。

1952年，她创造了4根穿路工作法，比原来的两根穿路法效率提高了75%。1954年，她超额完成了生产计划。1955年，她又提前22天完成了国家计划，曾先后被选为无锡市优秀青年团员、省和全国的青年团积极分子和省先进生产者。

章瑞英从不满足自己已经取得的成绩，她对自己的要求越来越高。穿筘工序过去一直由双人操作，既浪费人力，生产效率也低。章瑞英长期以来就想对这道工序进行改革，将双人穿筘改为单人穿筘。后来随着纺织工业的发展，穿筘工效满足不了织布车间的需要，因而改革过去那种效率低的工序就更为迫切了。为了早日创造出新的工作法，章瑞英曾几处拜师。

1956 年 2 月，章瑞英出席了江苏省先进生产者代表大会。在这次会上，章瑞英听说苏州苏纶纱厂正在试验单人穿筘，她十分高兴。大会结束后，经厂领导同意，由车间主任亲自陪她到苏州学习。回来后，她便改进设备，进行试验。虽然在试验中碰到了不少困难，但是为了早日掌握单人穿筘的规律，章瑞英晚上回家后还把线结在床上练习。一个月后，她由穿两只盘头提高到 4 只。5 月份，她又学习了全国劳动模范杨波兰的先进经验，改进了穿筘方法。1957 年，章瑞英创造了穿筘日产量 1.03 万根的全国最高纪录，提前一年 4 个月，完成了第一个五年计划。

1958 年 2 月，全国开展了声势浩大的学先进、赶先进的竞赛热潮。章瑞英又一马当先，提出要在第一季度达到日穿筘 1.05 万根的倡议。在召开的无锡市人民代表大会上，章瑞英用这个指标向全国穿筘工人提出了竞赛倡议。3 月 11 日，她的穿筘日产量达到了 1.06 万根，创全国最高纪录，并提前20天实现了自己提出的倡议。

时隔不久，工厂接受了生产一批细支4040府绸任务。这种府绸分头密，综页多，过去拈综丝用的都是4个指头，生产效率较低。章瑞英想，能否使小拇指发挥作用，将4个指头拈综丝改为5个指头，这样就可以减少一个辅助动作。当时，有人怀疑说："5个指头伸出来有长短，怎么能同时抽起4根综丝呢？"

章瑞英不怕困难，坚持搞下去。5个指头最短的是小拇指，让小拇指同时也能拈综丝确实困难。章瑞英在练习时，小拇指常常被磨破皮，一接触到纱线就疼得钻心。但她还是继续练下去。一个月后，她终于熟练了，使日产量达到了1.8万根，成了全国最高纪录。

1959年，章瑞英出席了全国群英会，被授予了全国先进生产者的称号。她回厂后，又成功地创造了八根穿筘工作法，将穿筘工序提高到了一个新水平。

1964年7月，厂党委向工人发出了不拆坏布的号召，章瑞英首先响应。要达到不拆坏布，穿筘工序上的主要关键是消灭"双头"。可是，4040府绸的纱支密，一时不容易找到"双头"。章瑞英又想到用木梳梳头能使头发整齐的道理，采用刷子把箱吊起，综丝分两层，把纱头一梳，两层的纱头在箱里找双头，就容易找到，从此就消灭了双头坏布。

1965年，章瑞英在向自己保持的穿筘全国最高纪录发起挑战的时候，得到了工厂党委和工会组织的支持，鼓励她向日产两万根进军。在车间老工人的帮助下，她将穿筘改为三自动，即分头、插箱和分经片全部实行自动，就在这一年的前夕，为了向“五一”献礼，她再一次创造了日产2.1万根的全国最高纪录。

在天津市的商业战线上，有位张士珍同志，她是位家喻户晓的劳动模范，这位天津河北区光复道副食商店的普通售货员是怎么做的呢?

在张士珍刚到光复道商店不久，一天，一位老大娘走近柜台，张士珍老远就笑着迎上去。老大娘连理都不理她，偏偏到另一个售货员那里去了。张士珍望着这位老大娘的背影，尴尬地收起笑容，鼻子一酸，差点哭了出来。

原来，前一天这位大娘来买东西时，因为人多，很乱，究竟是谁先来的，张士珍没有记清，就接待了另一位顾客，引起了这位老大娘的不满。

对别人来说，这也许是件微不足道的小事。但是，张士珍为这事却一夜没睡好。她想，自己是一个共产党员，作为一个商业工作者，应该把方便和愉快送给顾客，可是，由于自己的疏忽，却使这位老大娘不愉快了。

第二天，那位老大娘又挎着小篮走进了商店。张士珍老远就跑过来向大娘赔了不是，说：“大娘，那天我错了!”从此以后，这位老大娘再来买东西时，便主动找张士珍了。有时甚至走在街上看到她，老远就打招呼。

张士珍吸取了这次教训后，就利用休息时间，到别的商店去，一方面学习人家售货员的先进经验，一方面体会一下顾客的心理。根据这个，她创造了一个“接一问二照顾三”的售货方法。

1958年的下半年，张士珍在柜台上发现了一个新现象：老太太买东西时总要给别人捎一份，再不就是很多比柜台还矮的小孩来买。她不禁纳闷：为什么大人不来买呢？当她把这个情况汇报给商店党支部以后，支部书记王丽娟说：“你到群众中去摸摸！”

在支部的领导下，全店开展了“串百家门”的活动。张士珍利用业务不忙的时间，在商店附近一共访问了2500多户。

经过了解才知道，原来，很多街道妇女都参加了生产，没有时间到店里来。同时，由于她们参加了生产，增加了收入，生活水平也提高了，所以对商品供应的要求也多了。

针对这一新的形势，支部提出了送货上门和根据不同顾客的不同要求，合理分配商品的办法。经过职工讨论，得到了大部分职工的支持，也有少数人表示怀疑。有人说：“群众像汪洋大海，一个人一个喜好，售货员一人难称百人心。”还有人说：“这些婆婆妈妈的事，不应由售货员来管，这是多此一举！”针对这些思想问题，党支部进一步对职工进行了教育，并组织大家学习了毛泽东主席的《关心群众生活，注意工作方法》的文章。

经过学习，张士珍进一步认识到，作为一个商业工作者，光是服务态度好还不够，还要做一个群众生活的组织者。油、盐、酱、醋、菜，这些看来是小事，其实都是关系群众切身利益的大事情，做好了，就能让人们生活得更好，干劲更足，直接推动生产。她思想明确后，立即行动起来，主动走出了柜台。

从此，她一方面在柜台上做到“快、准、好”，服务周到；一方面坚持出流动货车，把方便给顾客送上门去。为了能合理地分配商品，她还对300多户人家做了比较细致的了解。这样，她就掌握了每家的收入情况、购买规律、生活习惯；同时，也知道谁家有病人，谁家夫妇都上班，谁家有孕妇、产妇，需要特殊照顾。

住在民生路31号的孙长清夫妇俩都是70多岁的老人，老太太还有胃病。他们吃不好，张士珍就觉得自己没有尽到责任。每到他家门口，张士珍便坐在老太太身旁拉着手问她：“想吃什么?”有时间，还给这对老人讲讲国家大事和国家建设情况。孙老太太说：“我再争取多活20年，好多享几年社会主义的福!”

在和群众接触中，群众对社会主义的强烈愿望，使张士珍更加感受到自己责任的重大。她想到：产妇生孩子是妇女很大的困难，也最需要人帮助。她便向生过孩子的妈妈请教。了解到孕妇在产前15天身体最不方便，产后12天健康尚未恢复，这两个时期最需要照顾。张士珍便经常到保健站去查，把孕、产妇都记在小本上。在这两个最需要照顾的时期，她就每隔一天到孕、产妇家去一次，按时送去所需食品，解决了她们的不便。

1959 年春天，民生路 46 号的王芸不到日子就生了。产后，孩子弱，没奶，爱人在北京工作，家里又没人，这可怎么办呢？愈愁愈急，愈急愈没奶。一天，她正在发愁，忽听外边叫门，原来是张士珍来了。经过张士珍的帮助，奶水终于正常了。在孩子满月吃喜面时，她还把张士珍也请去了。

就这样，张士珍的工作越做越细致，越做越有人情味。越是北风吼、大雪飞或是大雨倾盆的日子，她越是忙着外出为居民送货。“一人受雨淋，方便千万户”是她当年对居民的保证。

有一次，张士珍半夜被响雷和闪电惊醒了，她从床上坐起来往外一看，下大雨了！这时，张士珍翻来覆去地睡不着了，她想的是自己负责供应的那片居民买东西怎么办呀！于是，天不亮她就蹬上自行车，从河北小王庄赶回商店。营业还未开始，她就和另一位售货员小冯推着满满一车货物出动了。

这时，大雨还在下着，院子里积满了水，胡同变成了河，人都出不来。他们一条胡同两条胡同地走，半天共走了 300 多户。

当时，四路东胡同的张老太太看到她没穿雨衣，就喊：“小张！”张士珍以为她要买东西，便跑了过来。

张大娘给她倒上一杯开水，说：“傻孩子，下这么大雨还在外边，等雨停了再去吧！”

张士珍说："正因为下雨，我才出来呢!"走到民生路，张婶把自己女儿的新雨衣拿来给她披上，周婶给她拿来一顶草帽……

张士珍与群众之间形成一种像鱼和水一样的亲切感情。

复兴道有位老太太家里就一个人，她曾觉得活着没有意思，由于张士珍的照顾，她对生活也有了信心和兴趣，说："在旧社会，我这个孤老婆子丢了无人找，死了无人埋，如今，商店照顾得头头是道!"

为了更合理地分配商品，商店党支部组织全体售货员分片承包。经过了解消费者对商品供应的意见和要求，他们确定了合理分配商品的原则"保证重点、集体优先、照顾特需、安排一般"。也就是按照人口和需要的不同，对工厂企业、民办集体组织、居民户、必需户、流动人口等五类顾客，议定了合理的商品分配比例。

他们在合理分配原则指导下还做了调剂，如一般分散用户都是在星期日改善生活，一些好吃的商品在平日进机关团体，到星期日就送给分散户。

他们根据不同的矛盾，做了不同的调剂，称之为"十大调剂"：集体与分散、固定用户与流动用户、平日与假日、人口多与人口少、地区之间、经济条件的高低、汉民和少数民族、主食与副食、正品与代用品、重点与一般。这样做的结果，重点单位的供应有了保证，特殊需要户得到了应有的照顾，一般居民的生活也得到了适当的安排。他们对群众周到、细致的关心，得到了群众的一致感谢和称赞。

为了使夫妇两人都参加生产的双职工的家庭生活过得好，张士珍就在送菜当中去摸索他们的生活规律。

经过调查，张士珍负责供应的那一片，夫妇都参加生产的，约有30%左右是在同一天休假，70%是交错休息的。她考虑到，夫妇共同歇班的多数在家做饭改善伙食，做费事的饭，她就给调剂点做馅或是拌面的菜。

夫妇交错歇班的，多数是女方歇班在家做饭，但一般不做太费事的饭，因为她回家要洗衣服，孩子也接回来了，丈夫帮不了忙，所以就凑合做饭，张士珍就调剂点省事的送去；如果是男方单独歇班，就很少做饭。平日不歇班，只是晚上回家做饭的，一般都把钥匙交给张士珍，她就选点做着省事的菜，等等。

民生路45号的刘明太在参加河网化工程之前，张士珍把他家的商品供应调剂安排好了，他握着张士珍的手高兴地说："党关心人民生活，真比自己亲娘还亲！"

1959年，商店支部书记王丽娟和张士珍参加了全国群英会。党在会上向商业工作者提出了为支持工业高速度发展而服务的号召。为了响应党的号召，她们回来之后，首先下工厂摸情况，从了解工厂食堂入手。

天虹霓虹器材厂共有100名职工，可是在食堂吃饭的却只有30来人，大部分在外边吃。许多工人因为在外边吃饭而迟到，影响了生产。为什么都在外边吃饭呢？

一了解，原来是食堂有问题，三位炊事员年纪大了，又是南方人，做的菜不合北方人的口味。她们便帮助工厂解决了这个问题。

同时，她们还通过在工厂增设代销部、在职工宿舍增设代销点、夜间增加夜班流动货亭的办法，来解决工人日常商品供应问题。工人们由于食堂问题解决了，生产情绪很高，提前完成了生产任务。

张士珍在平凡的工作岗位上创造了奇迹，被人们称为好党员，她出席了全国群英会，受过毛主席的多次接见；多次被评为全国三八红旗手、劳动模范，成为人们学习的榜样。

“两勤”方针的贯彻，唤起了广大妇女勤俭爱国和在生产、生活中进行创造性劳动的热情，有力地支援了国家经济建设，也为中国妇女解放奠定了物质基础。

召开建设祖国积极分子会议

1958 年 12 月 3 日至 16 日，全国妇女建设社会主义积极分子代表会议在北京召开。

彭德怀代表党中央在大会上致辞，他号召妇女们：

> 努力学习生产技术，增长科学文化知识，积极地参加各项社会劳动和社会斗争，不但在农业生产上，而且在交通、商业和文化教育、医药卫生、服务性行业以及各种集体生活福利中，发挥更大的作用。

在会议期间，党和国家领导人刘少奇、周恩来、邓小平等接见了出席会议的代表。

这次会议表彰了在社会主义建设中涌现出来的先进集体和先进人物。

劳动模范申纪兰也出席了这次会议。在会议期间，申纪兰与其他 6 位女社长还受到周恩来总理的邀请，做客西花厅。

申纪兰是以勤劳勇敢出名的妇女劳动模范。

1951 年冬，山西省平顺县西沟成立农业合作社，申纪兰当选为副社长。那年，她 22 岁。

作为合作社的妇女社长，申纪兰不仅自己是“白天劳动、黑夜开会”，而且还要去动员和带领其他妇女参加生产劳动。

当时，在西沟村东西长7公里、南北宽5公里的土地上，有大大小小239条干涸贫瘠的沟壑，332座光秃秃的山头。当地有歌谣唱道：“光山秃岭乱石沟，十人见了十人愁；旱涝风雹年年有，庄稼十年九不收。”

面对恶劣的自然条件，西沟村党支部作出了一个鼓舞人心的远景规划：“山上绿油油，牛羊溜山沟，走路不小心，苹果碰碰头。”

为了实现美好的理想，1952年，在申纪兰带领下，西沟村姐妹们冲破“好女走到院，好男走到县”的陋习，下地参加劳动。

1953年1月，申纪兰加入了中国共产党。同年4月，申纪兰出席中国妇女第二次全国代表大会，并当选为全国妇联第二届执行委员会委员。在这次大会上，国家主席毛泽东和申纪兰握了手，这使她有了更巨大的责任感。

1953年6月，申纪兰参加中国妇女代表团，作为唯一的农村劳动妇女代表，出席了在丹麦哥本哈根召开的第三届世界妇女代表大会。

在荣誉面前申纪兰没有骄傲，而是继续保持劳动者的本色。她回到村里就参加劳动，去修滩造地，上山种树。

申纪兰带领妇女上山种树籽，每次都要走很远的山路，再爬到山坡上去种松子，中午吃点干粮，天黑才回家。申纪兰让小脚妇女留在半山坡，自己带着年轻人爬到山顶。她们分片竞赛，看谁种得快、种得好。

申纪兰还唱着自己编的山歌给大家鼓劲加油：“走一岭又一岭，小花山上去播种。现在种下松柏籽，再过几年满山青……”

经过她们的辛勤劳动，改变了西沟光秃秃的山头，风过松涛响，满眼苍翠，西沟成了绿化太行山的排头兵。

1952 年，申纪兰被评为全国劳动模范；1955 年，申纪兰被评为全国社会主义建设积极分子；1954 年 9 月 15 日，申纪兰作为全国人大代表出席了全国第一届人民代表大会。10 月 1 日，她还被邀请参加了盛大的新中国成立 5 周年的国庆活动。

申纪兰想到，自己一定要艰苦奋斗，建设山区，不辜负劳动模范的称号，不辜负人民代表的使命。

这一时期，申纪兰的故事不仅在国内流传，而且引起了国际友好人士的注目。

越南共产党主席胡志明接见了她。

朝鲜劳动党主席金日成接见了她。

美国著名记者安娜路易斯·斯特朗采访了她。

苏联女英雄卓娅的母亲给她写来热情洋溢的信，称赞她是和卓娅一样的英雄。

在以后的岁月里，不论是垒坝造地还是挖坑种树；不论是放羊喂猪还是下地打场；不论是救灾抢收还是担担送肥，申纪兰总是以出色的劳动走在前面。她说："劳模，劳模，不劳动还叫个甚劳模?"

申纪兰，一个山区的劳动妇女，以她的劳动塑造了一个新中国妇女的新形象。

几十年如一日，申纪兰身不离西沟，手不离劳动，心不离群众。

她对群众的关怀无微不至，村民的大小事情都愿意找她商量解决，谁家婚丧嫁娶，谁家修房盖屋她也要去帮忙，能干什么就干什么。

村民张建荣盖房摔伤了腿，是申纪兰送他到医院治疗，还在病房守了他一夜。

哑巴张买女的娘死后，是申纪兰给他缝补浆洗，有了好吃的也总要端一碗过去。

在村里合作化的时候，每逢春节，申纪兰都要替羊工张跟则放一天羊，让他回家过个年。张跟则一直跟人说："谁没个家?纪兰替了我，谁又能替替她呢?她就不该在家过个年吗?"

有一年腊月，申纪兰刚端起碗，听说老羊工张跟则有了急病，撂下碗就赶去看。老羊工病得不轻，申纪兰立刻把他送到医院，自己拿钱为他治病。

老羊工这一病再没有起来。老羊工无儿无女，是申纪兰给他剃头洗脸，买棺入殓。出殡这天，正赶上下大雪，乡亲们抬着灵柩一脚雪一脚泥地往坟地走。

申纪兰走在前面，把绳子套在自己的肩上往前走。

村里人感动得落泪了，正因为如此，那场雪永远留在了人们的记忆中。

申纪兰孝敬老人也是村里的一面旗帜。申纪兰很忙，丈夫又工作在城里，但是，她总是尽心尽力孝敬伺候着双目失明的老婆婆。

在村里有谁不孝敬家里的老人，邻居们就说："瞧瞧那纪兰，不比你官大？她还那样孝顺哩，你敢不知道天高地厚?"

……

半个多世纪以来，不管形势如何变化、地位如何变迁，申纪兰始终保持着共产党员的本色，忠诚于党、忠诚于社会主义事业，坚持扎根西沟，建设农村。

就这样，申纪兰带领西沟的乡亲们完成荒山造林 2.5 万亩，种植 10 万棵桃、杏、枣、核桃等经济树，垫成了 500 亩高产田，修筑了两万多米的谷坊坝。把一个几乎不具备生存条件的旧西沟建设成全国闻名的模范村。

申纪兰多次被评为全国劳动模范，她还是唯一一个从第一届连任至第十一届的全国人大代表。

当时，在全国邮电战线上也有一面旗帜，那就是女投递员罗淑珍。

1951 年 5 月，16 岁的罗淑珍当上了新中国第一代女投递员。在旧社会，人们把投递员叫信差，从来没有妇女干这项工作。

罗淑珍当投递员后，有些人说："女孩子成天骑车在外边跑，风里雨里，哪能受得了？”罗淑珍是一个自信心很强的人，并没有把这些议论放在心上。

一天晚上，她送最后一班信件时，忽然刮起了大风。风把电线杆刮得呜呜叫，路灯和她的车灯都被刮灭了，四周一片漆黑。罗淑珍望望四周，心里又害怕又着急。后来横下一条心，总算把信送到了收信人手中。

没过几天，她又遇上了一场狂风暴雨。那一天天刚黑，狂风卷着暴雨向她袭来，因没有带雨衣，衣服被淋湿了，车灯也被浇灭了，她躲在一个门洞里，犹豫了好半天，最后咬咬牙，把信件送了出去。

这时，罗淑珍开始感到投递工作的确不那么简单。一个女同志，风里来，雨里去，是够苦的。

党支部的领导同志看出了罗淑珍的思想波动，鼓励她坚持下去，用革命的精神去战胜困难，为新中国的妇女们树立榜样。

罗淑珍听了领导的话，思想通了，信心足了，浑身有了力量。真正认识到投递工作的意义，并自觉地把投递工作作为自己终生的事业。

在罗淑珍每天同各条战线上的人们频繁的接触中，她逐步看清投递工作对社会主义建设，对人民群众工作、学习和生活的巨大作用。

每当她把报纸、书刊送到人们手中，把信件或汇款单送到人们手里时，那一张张的笑脸，使她越来越感到投递工作的重要。

有一次，罗淑珍到西交民巷辇儿胡同四号去给一位老太太送信。信是由天津寄来的，老太太不识字，又急于想知道信里讲的是什么，她就念给老太太听。老太太听了，高兴极了，非常感谢她，一直把她送到大门外，看着她走远了才回去。

这件事对她的影响很大，她觉得：让人民群众早一天接到亲人们的信件，早一天看到报纸，了解党和国家的政策，就是自己的幸福。苦一点，累一点也值得。

有了这样的思想感情后，她提出了一句非常有名的口号：“一封信，一颗心。”这个口号，在全国邮电战线产生了深刻影响。从 1953 年 8 月到 1959 年 2 月，罗淑珍投递邮件和报刊 118 万件，没有出过一次差错，创造了投递的新纪录。

罗淑珍工作认真负责，特别表现在投递地址不明的“瞎信”上。有些“瞎信”，别人认为已无法投递，不得不退回原处。可罗淑珍却能让“瞎信”复活。

有一次，她发现这样一封信，信封上写着“北长街霍国栋收”。这封信该往哪儿投呢？她想起庆丰司 2 号和北长街 16 号都有姓霍的，便骑车前去投送，可是这两家都不叫霍国栋。她到派出所把北长街一带的户籍簿查了一个遍，也没有找到霍国栋。

此后，罗淑珍每当到北长街投递信件时就打听这个人。最后，终于在北长街的一个机关里打听到。原来这个人只在这里上班，并不在这里住，所以户籍簿上没有这个人的名字。

1957 年，罗淑珍担任了北京市邮局投递科的副科长。1958 年，局党委为了给她一个继续锻炼的机会，决定让她仍做投递工作。罗淑珍主动要求到一个后进的小组去。

这个小组的青年多，业务水平低，投递质量不高，仅 1957 年一年就出现差错信件 140 多件。罗淑珍仅来到这个小组几个月后，这个小组就被评为北京市邮局的先进小组。

1956 年和 1959 年，罗淑珍先后两次被授予全国先进生产者称号。

1975 年，罗淑珍担任了邮电部副部长职务，1982 年任全国邮电工会代主席。

在北京市电车公司，有一位全国先进工作者、模范售票员叫赵淑珍。

赵淑珍从 1958 年开始在北京市电车公司任售票员，她 20 多年如一日，心想群众，急乘客所急，帮乘客所需，千方百计满足乘客的需要，被群众誉为“贴心人”。

赵淑珍在长期的售票工作中总结出“四多”，即“多看一眼、多说一句、多扶一把和多体贴一下”。还有“四个一样”，即“人多人少一个样、乘客态度好坏一个样、自己心情不好和心情舒畅一个样、正常情况和特殊情况一个样”。

赵淑珍的“四多”来源于她对乘客的深厚感情和工作责任心，她走访 106 路沿线 154 条胡同和各大医院，做到“一问四答，百问不倒”，方便了乘客。

在乘客上车时，赵淑珍积极疏导、热情宣传，争取每站多上几位乘客，减少倒乘、候车时间。在车关门时，赵淑珍严格遵守规章制度，眼不离门口，心不离乘客，防止了夹摔。

在电车进出站时，她坚持多说几句，主动报清路名、行车方向、站名、衔接路线和换车地点，不仅声音清楚，而且把到站的新老名称、多种叫法报诵一遍，方便了乘客的倒乘和上下车，许多外地来京的乘客高兴地说：“这样报站名，真是给俺外地人添眼睛，长耳朵呀！”

赵淑珍为广大乘客热心服务，特别注意体贴老、幼、病、残、孕及外埠乘客和外宾 7 种乘客，尽力帮助他们上下车、找座、拿东西，解决他们的困难。

赵淑珍还采取托客带路的办法，帮助老人和外地乘客倒乘车辆到达目的地。当车上人多拥挤，遇有只坐两三站地的抱小孩乘客时，她就主动把孩子接过来，放在售票台上，自己站立售票。

赵淑珍服务热情，工作负责，认真售票，认真收验车月票，积极、主动、诚恳耐心，防止跑漏票，各项生产指标都完成得很出色。

赵淑珍还热情帮助青年售票员，外单位的售票员经常到她车上跟班学习。电车公司在职工中开展学习赵淑珍，争当“赵淑珍式售票员”活动。赵淑珍的先进经验有力地推动了运营服务质量的提高，受到广大人民群众的赞扬。

妇联开展的建设社会主义积极分子活动，在全国妇女中形成良好的社会风尚。她们在工作、生活和学习中，形成了勤俭节约、艰苦朴素、无私无畏、开拓进取的精神，为祖国建设贡献了自己的一分力量。

评选三八红旗手

1960 年 1 月，全国妇联向各级妇联发出庆祝三八国际劳动妇女节的通知。决定在当年三八国际劳动妇女节 50 周年时，奖励妇女先进人物和先进集体，并授予全国三八红旗手、三八红旗集体荣誉称号。

3 月 5 日，全国妇联同全国总工会、共青团中央等 9 个团体和中央人民广播电台在北京联合召开纪念三八国际劳动妇女节 50 周年“庆功表模迎‘三八’，高举红旗齐跃进”广播大会。

全国妇联主席蔡畅发表了讲话，会议宣读了全国评选出的 6350 名三八红旗手，3697 名三八红旗集体名单，并向出席大会的三八红旗集体和三八红旗手的代表颁发了奖旗。

3 月 7 日，全国妇联在北京召开首都各界妇女隆重纪念三八国际劳动妇女节 50 周年大会。党和国家领导人周恩来等出席了大会。大会宣读了宋庆龄写给全国各条战线上的姐妹们、女英雄们的祝贺信，通过了给党中央、毛主席的致敬电和致国际民主妇联的贺信。

在会上，邓颖超做了《发扬“三八”革命传统，向妇女彻底解放的伟大目标前进》的报告。国际民主妇联派代表出席会议并讲话，苏联等国的妇女代表也在会上讲了话。

3 月 8 日，全国妇联在人民大会堂举行盛大的中外妇女招待会，纪念三八国际劳动妇女节 50 周年。参加招待会的有中外妇女 4000 多人。招待会后，在人民大会堂举行了联欢晚会。

这次大会激发了全国广大妇女的劳动热情，她们继续解放思想，大搞技术革命，积极投入增产节约运动，从而涌现出一批先进人物。

在纺织工业中涌现出了许多女劳动模范，裔式娟就是其中一位。

1929 年，裔式娟出生于江苏盐城。在旧社会，她只读过一年书，就到资本家的工厂里做苦工。1947 年，她前往上海第二棉纺织细纱车间做挡车工。

上海解放后，裔式娟把对党的热爱全部倾注到工作中。1951 年“郝建秀工作法”在上海推广时，裔式娟是学习得最早最认真的一批人。她不但在厂内带头推广，工作上当好“领头羊”，而且还担任了兄弟厂的“小先生”，被厂内的职工群众推选为生产小组长。经她耐心细致地传、帮、带，“裔式娟小组”成为上海市学习“郝建秀工作法”的模范小组，同时形成了自己独特的操作方法。1952 年，裔式娟光荣加入中国共产党。

在裔式娟的带动帮助下，小组个个都达到了“纺织能手”的水平。她带领的二纺细纱乙班二工区，在生产、管理等方面均处于全国同行业的先进水平。自 1953 年起，连续8年全面超额完成生产计划，产品的数量与质量均达到全国先进水平，而且纱皮辊花率平均比车间规定指标率低30%以上。

特别是“裔式娟小组”重视思想政治工作，形成了人人关心集体、个个比学赶帮的好风气，保持了30多年的模范集体称号。

当时，全组32名工人中有行业劳动模范1人，市先进生产者4人，受到嘉奖的9人；13人入了团，7人光荣地加入了中国共产党。

1956年，“裔式娟小组”被授予了全国先进集体称号。

裔式娟在1953年至1976年8次被上海市人民政府授予上海市劳动模范、先进生产者称号。1956年、1959年先后在全国先进生产者代表会议和全国群英会上被授予全国先进生产者称号，是第一届至第五届全国人大代表。

在江苏省无锡市第二百货商店，有一位被人们称为“太湖之滨一团火”的营业员王秀英。

王秀英是江苏无锡人，1952年7月，王秀英走上商业工作岗位。

王秀英在接待顾客时，尽量做到接待快、包扎快、计算快。王秀英还创造了一整套服务方法。这些方法归纳起来是“接一问二招呼三”，即在接待第一个顾客时，问第二个顾客要什么，随即向第三个顾客打招呼。“一卖多介绍”即顾客买了一样商品，又热情地介绍其他各种商品。“三到三连带”即在接待顾客时做到眼到，嘴到，手到；介绍商品时做到商品连带，对象连带，柜台连带。

后来，她又创造出了一套“四先四后”，即先老后少、先急后缓、先易后难、先简后繁的新经验，把服务质量提高到了一个新水平。

1956年，王秀英出席了全国先进生产者代表会议，被授予全国先进生产者称号，成为全国商业战线上的一面红旗。

王秀英对所有顾客都做到百问不厌，百拿不烦。王秀英善于观察顾客的心理，对待不同的顾客，她都有一套接待的办法。比如对待那些心情不好、脾气暴躁的顾客，王秀英总是想方设法让这样的顾客高兴起来。

有一次，一个男青年急着要买制作呢子制服的藏青色的确良线，他跑了几家商店都没有买到，后来火烧火燎地来到王秀英的柜台，态度十分生硬。不巧的是，这个商店也缺这种货。

王秀英见那男青年十分着急，便和气地对他说：“你可以用细线，这种线比的确良线还牢固经烫！”并建议他买5股细线，再买1股粗线，锁扣子洞用。那男青年听她这么一说，脸上露出了笑容，连连向王秀英表示感谢。

对农村顾客，王秀英更注意服务周到。一位农村姑娘来买白色有机纽扣，挑了5粒给钱就走。等王秀英收好钱，回头正准备给那姑娘包装的时候，她已经走到商店门口了。王秀英忙把那位姑娘叫回来，帮她检查纽扣的洞通不通。发现有1粒不通，就给她换了1粒，那位姑娘十分感激地说："你工作真细心，服务真周到！"仅1979年一年，王秀英就收到这类表扬信13封，书面表扬100多条。

王秀英另一个可贵的品质是，她有一股顽强的钻研精神。虽然她已经年过50岁，可是刻苦钻研业务的精神实在令人钦佩。

王秀英在为顾客服务中，曾经碰到过不少新课题，比如聋哑人来买东西，由于语言不通，常常需要花费很多时间，影响其他顾客购货。为此，她利用业余时间向聋哑老师学习手语，由于年纪大，记忆力差，学习起来很困难，一个手语动作往往要反复做上多遍才能记住。她抓住一切空闲时间练习，终于以顽强的毅力，学会了400多种聋哑手语，并用聋哑手语为聋哑顾客服务。

有一天，一位聋哑顾客来到她的柜台前，要买一台压面机，因当时商店无货，王秀英就用聋哑手语告诉对方到文化宫处理商品市场去买，还告诉他怎样走，坐什么车，那位聋哑人十分感动。一个小时后，那位聋哑人提着买到的机器，特意跑来向她表示感谢。

1979年，江苏省和无锡市召开盲人、聋哑人代表会议，王秀英应邀出席。聋哑人将她团团围住，感谢这位为聋哑人分忧解愁，付出了大量心血的人。

为外宾服务也成了王秀英时刻研究的一个课题。无锡市是旅游胜地。每年到无锡旅游的外国人很多，特别是日本人最多。外宾到商店买东西，因语言不通，很不方便。为了接待好外宾，王秀英又下决心学习日语。50多岁的王秀英以惊人的毅力，坚持利用业余时间到市“工大”去学习，靠着死记硬背，学习了300多个常用日语单词和简单的口语。

在王秀英先进思想和先进事迹的带动下，江苏省商业战线上出现了一个“人人学习王秀英，个个争当王秀英式的营业员”的热潮。

1979年，这位50年代的全国劳动模范再次被国务院授予全国劳动模范称号。

当年，正是这些妇女先进人物和先进集体工作在平凡的岗位上，为祖国建设和人民幸福做着不平凡的事业，而成为下一代人学习的榜样。

推动儿童教育工作

1960年5月25日，全国妇联同全国总工会、共青团中央、教育部等8个单位联合在北京召开庆祝“六一”国际儿童节广播大会。

会上宣读了全国妇联等单位联合表彰的1万多名先进儿童工作者、儿童工作集体的名单，并颁发了奖状。

5月28日，全国妇联副主席李德全为庆祝“六一”国际儿童节发表题为《高举毛泽东思想的红旗，培养共产主义接班人》的广播讲话。

在1960年6月1日至11日，党中央、国务院主持的全国教育和文化、卫生、体育、新闻方面社会主义建设先进单位和先进工作者代表大会在北京举行，这次会议又简称为“全国文教群英会”。

在会上，由党中央、国务院授予“全国先进单位”称号的有3092个，授予“全国先进工作者”称号的有2686人。其中，教育工作者占65.4%。

在先进儿童工作者中，有一位是来自山东省平邑县西皋村幼儿园的薛玉美。

薛玉美是山东省平邑县西皋村人。1958年4月，她考入平邑县幼儿师范短训班。培训结束后回村办起本公社第一个村办幼儿园。

办幼儿园初期，薛玉美自己动手创作看图识字卡片和计算器。她还动员父亲用村里的木料，为幼儿园做了22张课桌、42个圆凳、5个跷跷板、一个木马和一架秋千。

后来，她把全村40名幼儿都招收到幼儿园。每天上午，她教孩子们识字、算算数、唱革命歌曲、讲革命故事，下午则带他们做游戏。

有时，她还带孩子们到野外采集中草药，将卖中草药得的钱为他们购买玩具、生活用品和学习用具，还为每个幼儿买了一身新衣服。

1959年后，农村生活困难，她在大队党支部的支持下建起了幼儿食堂，并和炊事员商量，把幼儿伙食调配得丰富多样，使孩子们能吃饱吃好，让家长和幼儿都很满意。

1959年，薛玉美光荣加入中国共产党。1960年，她获山东省和临沂专区三八红旗手称号。同年，被评为幼教先进工作者，出席了全国群英会，获全国劳动模范奖章和证书，受到刘少奇、周恩来、朱德等党和国家领导人的接见。

在广西柳城县，王素琼和她的同伴建立起第一个村级全托保育院，因此成为一位从保育院走出来的“全国先进”。

当时，党和国家号召在城镇没有工作的青年到农村务农。王素琼1952年就转到大埔镇中回村务农。到农村务农的王素琼看到村里的孩子特别多，农村的生产任务重，就建议搞一个保育院，将孩子们集中起来托管，这样可以解放妇女劳动力。

王素琼的想法得到了生产大队的赞同。1957 年，大埔镇中回大队建立了柳城县第一个村级全托保育院，村里的小孩都送到保育院带养。

当时，配给的粮食不太够，王素琼她们就和大队商量，要了几亩地，用来种稻谷、红薯、芋头，保育院还养些鸡、鸭、猪等，给孩子们补充营养。孩子们的伙食上去了，个个长得很好，而且很懂礼貌，家长来看小孩的时候，都非常高兴。

从 1957 年至 1970 年，保育院先后接收带养了中回大队 120 多个孩子。孩子们健健康康，保育院的出色工作也多次得到上级嘉奖。中回大队保育院成为柳城县幼教的模范单位，连广东等地的单位也来参观学习。1960 年，王素琼荣获全国文教先进工作者称号。

先进儿童工作者蒋师昭，是江苏江阴人。1922 年，毕业于苏州省立第二女子师范学校。1926 年，进上海市立万竹小学任教，执教语文和数学，历任高年级班主任、教导主任和副校长。1956 年加入中国共产党。

蒋师昭把一生都用在培养下一代身上，为大家树立了楷模。她为了有更多的时间进行教育、教学工作，长期住在学校里。有两年寒假，直到大年除夕，她才拎着一棵大白菜回家过春节。

蒋师昭对待学生既严格，又耐心，真诚地爱他们，教育他们。许多学生毕业后已参加工作了，她还关心他们。蒋师昭有丰富的教学经验，然而每次备课仍是认真细致，一丝不苟。她热情帮助青年教师，使之成为教学骨干。她的先进事迹被摄成新闻纪录片和电视录像，向全国播放。

20世纪50至60年代，蒋师昭先后被选为上海市第一、二届人大代表，市妇联执委，并被授予上海市优秀教师、超级校长、先进儿童工作者、全国三八红旗手、全国先进儿童工作者等光荣称号。1960年，蒋师昭作为特邀代表出席全国群英会。1962年，上海市教育行政部门为她举行从教40周年的庆祝活动。

1968年，蒋师昭退休后参加居委会工作，担任党支部委员兼治保主任。腿摔伤后，她还坚持为干部和居民读报、讲解；为年轻的家长提供教育咨询；参加节假日治安值班等。

教育部门是妇女集中的地方，在黑龙江省的教育工作者中，有一位小学特级教师柳玉芳。

30多年来，柳玉芳每天早晨六七点钟到校，晚间七八点钟回家，从未请过一天假，从未耽误过一节课。她经常担任小学高年级班主任，送走了14个小学毕业班，而14个班的全体同学都考上了初中。这是她耐心做学生思想政治工作，从不放弃一个后进学生，在学习上不使一个学生掉队的结果。因此，她被评为模范班主任。

一次，柳玉芳在带领学生练跑步时，她的脚跟腱摔断了，在必须住院手术治疗的情况下，她一面住院治疗，一面让孩子们用手推车把她推来上课。

一个星期天，柳玉芳患急性痢疾，昏迷过去，被送进医院。可是星期一早上，她就从医院跑出来给学生上课。

有一年秋天，柳玉芳的姐姐患癌症生命垂危，拍电报让她去探望。她晚上坐车，第二天早晨赶回学校，不顾一夜的疲劳，坚持给学生上课。

柳玉芳关心学生，不管严寒酷暑，不顾刮风下雨，她总利用节假日进行家访，给学生补课。

市领导想提她担任教育部门的领导，她婉言谢绝，说：

> 发挥我最大作用的地方是学校，我离不开学生，离不开讲台。

柳玉芳经常对学生进行“五爱”教育。她在班里建立了学雷锋的小分队，通过为校内校外做好事活动，使学生养成文明礼貌、扶老携幼、关心集体、遵守纪律的好习惯。她所带的班，是区、市学雷锋争三好的先进集体。

柳玉芳既是班主任，又是数学老师。她对教学业务刻苦钻研。她注意调查研究，根据儿童认识事物的规律，贯彻由浅入深、由简到繁、由已知到未知的系统教学原则。如教综合多步应用题时，她先教许多各种类型的小题，然后再进行归类综合。

她注意培养学生的自学能力，每教新课前，都事先布置预习作业，在课堂上鼓励学生提问题，并启发同学自己去解决问题，然后再根据知识的系统性和学生学习中存在的问题，进行精讲，使学生听得明白，理解透彻。

在帮助学生解应用题时，她启发学生掌握分析法和综合法，还总结出“找条件”“接关系”“设数判断”“画图分析”“一步一验算又要上下对一遍”等方法，提高了数学教学质量。

她这些经验在全省推广后，收效很大。1978 年全市期末数学统一考试时，她的班学生解应用题，没有一个出错的。其中得 100 分的有 37 人，最少的分数为 93 分，全班总平均为 99.7 分。

柳玉芳在担任班主任和少先队辅导员工作中，十分注意全面贯彻党的教育方针，使学生德、智、体都得到发展。每天清晨，她和学生一起参加体育锻炼。她所带班的学生没有一个近视的，没有一个脊柱弯曲的，有时一年中也没有一个同学请病假。学校举行田径运动会，她的班总是获学年组总分第一名。

柳玉芳培养幼苗是针对少年儿童特点，坚持进行正面教育。对学习好的学生，了解他们的缺点，进行有针对性的教育。过去她们班有个学生，学习好，人也聪明，就是有些傲气，瞧不起比他差的同学。

一次，上数学课，柳玉芳出了一道题："二分之一是四分之一的几倍？"让3个智力差的同学和这位学生一起当众演算。那3个同学是在课下算过一遍的，柳玉芳想调动他们的学习积极性，当众演算，果然全算对了。那位骄傲的同学，第一次也算对了，但一看结果和3个差的同学一样，心里就嘀咕起来，于是又擦了改，改了擦，最后，他想他们3个人算得肯定不对，就反其道而行之，结果算错了。下课后，这位同学找柳老师说："今天我上了骄傲的当了！"经过柳玉芳的帮助教育，他认识到了自己的缺点，以后进步得很快。

柳玉芳对有各种兴趣和爱好的学生，还注意用其"长"，补其"短"。

过去她们班有个学生，爱好摄影，摄影技术不错，《黑龙江日报》《黑龙江图片》都用过他的作品。可是，他不用功学习，也不认真完成作业，一叫他写作业，就跟同学"换工"。他替人家挑水，别人替他做作业。有一次参加农业劳动，这位学生抓住了"科学种田""少先队员爱科学"这个主题，拍了两张照片，省里的一个刊物准备采用，要他写说明。这位学生憋了好几天也没写出来，就找柳老师帮忙写。

柳玉芳拿起两张照片，看主题、构思、画面、光线、洗印都很好，可是，这位学生却写不出一个说明来。于是，她就抓住这件事因势利导。她对这位学生说："干什么工作，也离不开文化知识，要想当一个好摄影师，没有文化也不行，我能替你写一辈子说明吗？”柳玉芳和他商定，完成一个创作都要他写一篇短文。经过这样耐心的帮助，这个同学有了明显的进步。

30 多年来，柳玉芳呕心沥血，为培养下一代而辛勤劳动，为国家培养了无数品学兼优的人才，受到家长和全校师生的称赞。

由于工作出色，柳玉芳在 1957 年和 1958 年连续被评为哈尔滨市优秀教师和全国少先队优秀辅导员。1959 年至 1966 年，连续 8 年被评为哈尔滨市劳动模范。1972 年至 1979 年，又连续 8 年被评为哈尔滨市和黑龙江省的劳动模范，并当选为市人大代表。1979 年底，柳玉芳被国务院命名为全国劳动模范。

在广西防城县，有一位平凡的全国先进儿童少年工作者黄永腾，他用他的一生做着对少年儿童爱的教育。

1955 年，16 岁的黄永腾初级师范毕业，志愿到地处中国和越南边境一线的防城县那垌小学教书，学校同时交给他另一项工作：少先队辅导员。他二话没说就应承下来。

黄永腾辅导员工作一干就是整整的 50 年！

黄永腾被称为“方法”的专家，因为他做小学生工作的确有一套。黄永腾在一份日记中写道：

我喜欢好孩子，也不歧视有缺点的孩子。

孩子思想幼稚，免不了有这样和那样的缺点。假如每个学生都天生优秀，还要老师做什么？

“情感教育”是他惯用的做法。曾经有个男生经常骂同学、骂老师，同学们都孤立他。黄永腾经过反复做工作，同学们表示愿意与其和好。但他不相信大家会原谅他。细心的黄永腾便将同学们表示原谅他的录音放给他听，他很受感动。这时，黄永腾又把他动情的话语录下来，放给其他同学听，一个“死结”解开了。

有段时间，个别班级的少数同学心血来潮，一起剃了光头。几天时间，“光头”一下子增加到10多人。黄永腾找他们谈话，“光头”们却起哄说：“已经挨过批了，你看，头发都掉光了。”

黄永腾什么也没说，拿出事先准备好的镜子，让他们自己照一照看。看完后，大家都承认光头确实不好看。这时，黄永腾又拿出一本画册，给他们推荐了几种好看的发型。

爱心和耐心也需要巧妙的表达。一次，几个同学把教室的黑板打了一个洞。黄永腾发现后没有马上批评他们。第二次上音乐课时，他故意将一行曲谱写在黑板上有破洞的那个地方，结果一个“5”音就由中音变成了低音，大家怎么唱也唱不下去。同学们说，老师你多写了一个降音符。黄永腾见同学“中计”，马上擦掉那个“5”。黄永腾当即说出事情原委，说明黑板破了对教学的影响。几名“肇事者”很不好意思，主动要求修补黑板。此后，该班学生再也没有人在黑板上乱敲乱打了。

“鼓励教育”是黄永腾的又一“绝招”。一个“问题少年”回忆起自己上小学一年级时，将捡到的一枚两分钱硬币交给黄永腾后，黄永腾当场表扬他说：“同学，谢谢你！你是一名优秀少先队员！”“问题少年”说，这句话影响了他的一生。

黄永腾对于儿童的“贪玩”，一直有着自己比较“前卫”的理解。他说玩是孩子的天性，不让他们玩是不行的，关键是要引导他们会玩、玩出名堂、从玩中学到知识和做人方法。黄永腾所编的“学玩歌”唱道：“专学不玩没兴趣，专玩不学没出息，学习玩乐相结合，这样活动有意义。”

为了给孩子们创造一个良好的玩的环境，他从自己并不宽敞的住房中腾出一间，并花钱购置了一些玩具和用具，作为学校的“少年之家”。“少年之家”所开展的“周末球赛”“节日游园”“电视晚会”“山区夏令营”“冬季营火会”“军营一日”以及各种兴趣小组，活动内容丰富，形式活泼，深受广大儿童喜爱，连许多校外儿童、中学生也被吸引到活动中来了。

如“学玩箱”活动，就是鼓励队员把家里的玩具带来放在小队的“学玩箱”里，供大家开展活动用。队员们拿来了遥控车、电子琴、照相机等。在活动过程中，同学们自己建箱、自己管箱、自己用箱。还制定了“学玩公约”，每星期天下午活动一次，轮流当家，学玩结合，学玩竞赛。每次一个活动主题，有“画一画，比谁美”“听一听，弹一弹”“控一控，看谁巧”等。一个学期下来，全小队每位队员均学会玩 6 种以上玩具和掌握其他技能。

在帮助敬老院老人做好事时，黄永腾又根据队员各自的爱好和特长，成立几个小组：摄影小组拍摄的“家乡新貌”图片给行动不便的老人们看；采购小组则买来当地新出的食品给老人们品尝；工艺小组队员则把自己精心制作的坐垫送给老人们使用；文艺小组的队员则通过演唱老人们喜欢听的采茶调来使他们高兴。老人们乐了，队员们也乐了。

玩不是目的，孩子从玩中受益才是目的。这些活动的开展，使得孩子们知识面变宽了，独生子女的玩具也分享给别人玩了，协作能力、动手能力也明显提高。“学玩乐”小队的 19 名队员，毕业后都考上了重点中学。

年轻时无暇谈恋爱的黄永腾 45 岁才结婚。黄永腾参加工作已 30 个年头，只有 50 元积蓄。新房里没有一件家电，没有一件新家具甚至连两床新被子也是同事们送的……他不抽烟、不喝酒，更不打麻将。工资哪儿去了？除了供两个弟弟读书、生活外，他把收入中的大部分都用在少先队工作和学生们身上了。

黄永腾扳着指头说，“流动书箱”要买书且要经常更新；“少年之家”要买书、要订报；每逢节日、队日都会买书、买玩具送给一些需要鼓励和关心的孩子们。

小学经费困难，为了给同学们制作红领巾，黄永腾自己专门购买了一台缝纫机；开办“少年之家”，他掏钱购置了一批羽毛球拍、彩色水球、棋具等器械和玩具；他自己花七八千元先后购买了两台扩大机、一台录像机、一台数码相机，用于开展少先队活动……

一位学生说，上小学时黄永腾送他的一本《新华小字典》，他至今还保存着。

几十年来，黄永腾花在少先队组织和孩子们身上的究竟有多少钱，没法统计。

黄永腾退休后，他的辅导员工作却一天也没有停止过。他除担任本校的志愿辅导员外，还担任着市、区两级少先队总顾问及5所学校和一个乡镇的少先队工作顾问。

黄永腾说：

> 只要我活着，我就要为孩子们做点事。只要少先队组织还需要我，我就要将辅导员的事业进行到底。红领巾我要终生佩戴！

他动过三次大手术，后又因患有严重高脂血症而经常头晕。但他全然不顾，每周都要组织少先队员开展几次课余活动；每个暑假，他都要下乡为农村小学的少先队员搞活动、讲课；每学期他还要家访20人次以上……

黄永腾担任小学教师44年、担任少先队辅导员及志愿辅导员整整50年，从来没有骂过一个学生。他把自己微薄收入的大部分用在了少先队工作和学生身上……

他所辅导的少先队员先后荣获全国自强不息好少年等称号；他所辅导的社区中队获得全国特色中队；他所任总辅导员的防城镇第二小学荣获全国红旗大队称号。他本人也先后荣获团中央、教育部、全国少工委等部委授予的全国先进儿童少年工作者、部级劳动模范、全国一级“星星火炬”奖章等荣誉。

当时，新中国的儿童在党和国家的关怀下，在主管教育的机关和学校教师们、孩子的父母和长辈们直接教导下，在社会各方面的关心和爱护下，健康愉快地成长起来。儿童教育有了很快的发展，取得了很大的成绩。

号召学习英雄王杰

1965年11月13日，全国妇联向全国妇女发出号召，学习王杰同志一心为革命，忠于党，忠于人民，不怕苦，不怕死的革命精神和高尚品德。

在1965年7月，中国人民解放军济南部队装甲兵某部工兵一连班长王杰和战友，到江苏省邳县张楼人民公社帮助民兵训练。在炸药发生意外爆炸的紧急时刻，王杰为了掩护在场的12名民兵和人民武装干部，扑向炸点，英勇牺牲，年仅23岁。

当时，党和国家领导人先后为伟大的共产主义战士王杰题词，号召全国人民向王杰学习。中国人民解放军总政治部、全国总工会、共青团中央、全国妇联也先后发出通知，号召全国军民向王杰学习。

在学习王杰的活动中，也涌现了很多妇女先进工作者。

当时，在陕西省西安市大众浴池，有一位修脚工人于素梅，被誉为“人民的好修脚工”。

1971年冬，于素梅调到西安大众浴池当了服务员。她来到大众浴池后，看到许多一瘸一拐的人赶到浴池来修脚，可是这里的修脚工已年迈眼花，许多脚病患者只好排队等在那里，有时等候一天也修不上。

当时，在浴池的青年职工中，不少人嫌弃修脚的工作，都不愿意当修脚工。于素梅想：七十二行，行行得有人干，没有人修脚，那得脚病的人怎么办？不久，她便自动报名当了修脚工。

于素梅当了修脚工人后，有些人就风言风语地讥笑她。有人说她是想出风头；还有人对她说，就是给双份工资也别干这种活。她母亲听说她学修脚，也出来劝阻说："你爸爸是老干部，你丈夫在大学教书，你又是个高中毕业生，为什么偏偏去学修脚，叫我老脸往哪搁？"于素梅就耐心地说服母亲，做母亲的思想工作。

为了使自己的亲人能认识修脚工作的意义，有一天，她把母亲和丈夫领到她们的修脚室去参观。当她母亲和丈夫看到有那么多的脚病患者等待求医，许多患者张口闭口地称于素梅为"于大夫"时，思想上起了变化。他们感受到修脚工人受人尊敬，对社会有益，干这一行光荣，并不丢人。从此，母亲和丈夫都支持她的工作，并鼓励她学好修脚技术。

于素梅为了解除脚病患者的痛苦，虚心向老修脚工请教。下班后，她还利用业余时间练腕力，练推手。浴池领导看她学习认真，热爱修脚工作，便送她到修脚培训班去学习，使她掌握了修治各种脚病的技术。

于素梅为了利用药物治疗脚病，还和师傅一起先后试制成功了治疗脚瘊的"脚瘊一号"药膏和"二号"药膏及治疗脚气病的"脚气粉"。

她在北京参加财贸系统“双学”会议时，还利用休息时间，拜访了虎坊路浴池的两位修脚名师，学会了用药物治疗脚垫和鸡眼的偏方。她回到西安试验后，疗效甚好，深受患者欢迎。1974 年以来，她用自己配制的药物治疗了近 2000 名脚瘊和毛瘊的患者。

一天，有位手和胳膊上长了大小 300 个传染性瘊子的农民，到大众浴池请她治疗。于素梅和她的师傅对大型母瘊用手术摘除，对子瘊用药物腐蚀，经过 3 个月的精心治疗，终于将 300 多个瘊子全部根除。

1979 年 10 月，解放军某部干部陈德志，专程到西安找于素梅医治脚病。陈德志的脚掌心长了一个铜钱大的刺瘊，疼痛难忍。于素梅给他敷上“二号”药膏，经过 3 次换药后，收到了显著疗效。

从 1972 年到 1979 年这 7 年多时间，于素梅在浴池里接待了 4. 1 万多位脚病患者，为绝大多数脚病患者解除了痛苦。

她还和师傅一起深入工厂、农村、学校和街道，上门为工农群众和卧病在床的患者修治脚病。西北国棉三厂离西安城 15 多公里，生产任务很紧张，许多患脚病的工人得不到及时治疗，经常忍着疼痛坚持工作。

于素梅了解到这些情况后，就定期到国棉三厂为脚病患者治疗，既方便了群众，又促进了生产，受到各方面群众的赞扬。6 年来，于素梅上门为群众修脚治病 2100 多人次，开辟了一条为人民服务的广阔道路。她还先后收到全国各地脚病患者寄来的1000多封感谢信和求医书，热情称她为“人民的好修脚工”。

由于于素梅全心全意为人民服务，从1973年以来，她先后多次被评为省、市先进生产者和劳动模范，1979年被国务院命名为全国劳动模范。

于素梅的事迹教育了许多人。在于素梅的带动下，大家端正了态度，以前许多被人瞧不起的工作，现在大家都抢着去做。

号召学大庆、学大寨

1966年2月8日，全国妇联向全国妇女发出纪念三八国际劳动妇女节的号召书，号召全国妇女要高举毛泽东思想伟大红旗，以大庆和大寨妇女为榜样，为实现第三个五年计划而奋斗。

当时，大寨的“铁姑娘”郭凤莲和所有的大寨人一样无比欢欣鼓舞、干劲倍增。

郭凤莲，1947年出生在离大寨不远的武家坪，3岁时，母亲去世。亲戚只好把她给了大寨村的姥姥家。从此，郭凤莲与姥姥相依为命，备尝辛酸清苦。

14岁高小毕业后，郭凤莲到大寨幼儿园当了一年多的“孩子王”。

就在这期间，大寨村在党支部书记陈永贵等村干部的带领下，花了10年工夫，改造了大寨的七沟八梁一面坡，修成了亩产千斤的高产、稳产田。

少年时代的郭凤莲，非常崇拜村里的这些战天斗地的“英雄”们。

1963年8月，大寨遭遇了一场毁灭性的洪涝灾害。百年不遇的山洪使大寨人苦心经营的粮田和房屋陷入了一片汪洋之中。

139亩梯田被大水冲得裸露出坚硬的石头，41亩庄稼更是淹在泥水中踪迹全无；全村 140 眼窑洞，有 113 眼坍塌，125 间房子中，就有 77 间躺倒在泥水里，村里几百口人无处栖身。

在这危急关头，郭凤莲和全村 22 名女青年组成一支突击队，义无反顾地奔忙在抢险第一线，16 岁的郭凤莲脱颖而出，当起了大寨“铁姑娘队”的队长。

对这个年轻的姑娘来说，最快乐的时刻是在参加劳动的一年之后。那个秋天，郭凤莲看着在废墟上重建的新居和 20 万公斤粮食，激动不已。她第一次感受到智慧和勤劳具有多么大的力量。

在全国工业学大庆的活动中，在纺织战线上，有一位妇女模范叫瞿兰香。

瞿兰香是江西省九江国棉一厂工人。在 1958 年以前，九江国棉一厂的产量和质量在全国是最落后的。1956 年，北京举行的轻工业品和日用工业品展览会上，这个工厂生产的 32 支棉纱质量最差。1958 年召开的质量评比会上，这个厂生产的 32 支纱被评为全国倒数第一、21 支纱被评为倒数第二。

看到质量这样落后，瞿兰香感到十分惭愧。为了迅速改变这种现状，工厂领导提出：“五年内在几个主要指标方面赶上江西纺织厂！”

于是，瞿兰香和车间工人闵芙蓉等 8 人组成了一个推广先进经验小组。在瞿兰香等的带动下，工厂出现了打翻身仗的热潮。

到1959年，这个工厂的9项主要指标不但超过了江纺，有些指标还进入了全国先进行列。1959年召开全国群英会时，九江国棉一厂被评为全国先进集体，瞿兰香代表全厂职工出席了全国群英会。

1963年，瞿兰香到上海学习先进经验。这时，她在高速车上已经达到了看1200锭的水平，可是她仍然学习得十分认真。回到九江后，她把上海的先进经验同自己的经验结合起来，操作技术有了很大的提高。

1972年，瞿兰香担任车间丁班的党支部书记，从此，革命精神更加旺盛。特别是在党的十一届三中全会以后，她虽然当了干部，但仍然坚持在第一线参加劳动，和工人一样。

瞿兰香与工人们一样"三班倒"，带领丁班工人月月超额完成生产任务。她所在的丁班一直是省、地、市的先进集体。最可贵的是，瞿兰香这时虽已40多岁，过了纺织工人的黄金年龄，可是锐气仍然不减当年，在生产中又创造了28秒钟接头10根无白点的新纪录，成为江西省接头最快最好的细纱挡车工。

瞿兰香平时对自己要求极为严格，30年来，她克服了各种困难，没有请过一天事假，除了产假外，只请过两天病假。她在担任副厂长和轮班党支部书记时，坚持参加生产劳动的本色仍旧没有变。

瞿兰香给自己规定了三个一样：同工人一样坚持"三班倒"，一样挡车顶岗，一样出满勤、干满点。有时她到外地去开会，回来时碰上她所在的班当班，就马上跟班顶岗，常常是白天出去开会，晚上顶班生产。

1978 年 5 月，瞿兰香参加了全国纺织工业先进生产者代表大会。她回到工厂时，正赶上她所在的班上早班，她把东西往家里一放，不顾旅途疲劳，赶到车间上班。

有一次，瞿兰香得痢疾半个多月，人们再三劝她回家休息，她仍然不肯，始终坚持顶班生产。

正因为这样，工人群众给了瞿兰香这样的评语：“做挡车工，她接头快，质量好，皮辊花少，是心灵手巧的闯将；当干部，她参加劳动，艰苦朴素，是和工人同甘共苦的带头人。”

1978 年，瞿兰香被选为江西劳动英雄，1979 年又被国务院授予全国劳动模范称号。

在纺织工业战线上，还有一位先进工作者叫谭弗芸。

1959 年，谭弗芸以品学兼优的成绩毕业于华东纺织学院。

谭弗芸参加工作后，没有大学生架子，她一有空就到车间参加劳动，铸工车间工作最紧张，她就到那里去战高温，抬铁水，科研工作需要时，她就通宵战斗。每当夜深人静的时候，她又开始读书、积累资料。

50 年代，我国的纺织品整理工艺比较落后，染色不匀，缩水严重。许多本来可以成为优质的产品，因此而成为副品、次品，或者只能以坯布出口，给国家造成很大损失。

谭弗芸是印染机械工程师。她听说一个外商购买了上海丝绸厂生产的坯绸，用飞机运回本国整理，然后返运到上海制作成服装，再把服装投入国际市场，仍能赚很多钱。眼睁睁看着外商把大笔钱赚走，谭弗芸心里十分惭愧。她暗暗立下志愿，一定要改变这种落后状况，研制出我国自己的印染整理设备。

为了能看懂外文，了解外国的先进技术，谭弗芸如饥似渴地学习。以前她只会俄语，后来又学会了日语、英语。根据设计需要，她又开始钻研液压、电子计算机、太阳能、微波、激光、冷冻、热管等多学科技术知识。

1980 年 1 月，谭弗芸随同我国液氮整理考察团赴美，考察美国的印染机械设备。美国的大城市，大厦如林，车流如潮，曾经吸引过无数来自异乡的旅客，然而却诱惑不了谭弗芸。因为她早已做好准备，回国的那一天，要向祖国和人民交上一份完整的“答卷”。

到美国以后，谭弗芸和考察团的同志拒绝了美方安排他们到夏威夷岛去休息的机会。在 20 天的考察中，考察团考察了 10 大州的 21 个城市，有时一天要连续乘坐 3 次飞机，日程安排得相当紧张。

为了把“答卷”写好，谭弗芸白天到工厂去考察，晚上就把白天考察过的各种机械设备进行追忆、整理，常常忙到深夜。为了抓紧时间学习、整理资料，在美国 20 天，谭弗芸没看过一次电影，没有上过一次商店。

谭弗芸在美国有不少亲友，这次听说她到了美国，纷纷邀她去做客，都被她一一谢绝。她的二哥二嫂也在美国，兄妹从未见过面。二哥二嫂听说她到了，曾多次打电话邀请她，也被她婉言谢绝了。

谭弗芸抓紧分分秒秒，整理出了 7 万多字的有关美国纺织工业的科技资料。回国以后，依靠这些资料，针对我国印染机械工业的薄弱环节，谭弗芸制订了赶超世界先进水平的五年规划，还向有关部门推荐了 10 项先进技术。

1981 年，纺织部给上海纺织局下达了 9 种床单针织整理设备的研制任务。谭弗芸接到任务后，立即投入了研究、造型和拟订设计方案等工作。

在工作最紧张的时候，谭弗芸的父亲病危住院，需要她和妹妹轮流陪夜。那时，她在夜里伺候完了父亲，第二天一早就匆匆往工厂里赶，有时忙得连脸也来不及洗，早饭顾不上吃。然而在她父亲病危的两个月里，谭弗芸没有请过一天假。

在父亲去世的那天早晨，谭弗芸含着眼泪给父亲料理后事。也就在这天的 8 时，公司规定要讨论新产品设计规划。谭弗芸想到自己是一名共产党员，绝不能因为家里的事影响工作。她抑制住悲痛，按时赶到公司出席了会议。

谭弗芸和其他同志一起，用了 3 个月的时间完成了过去一年的工作量，设计和绘制出了 12500 多张图纸，7 个月以后，这种整理设备终于制造成功。

谭弗芸说过这样一句话：

> 蚕吃桑叶当吐丝。祖国和人民培养了我，我就要像春蚕那样，为祖国人民吐尽丝。

谭弗芸的确就是一只日日夜夜都在辛勤吐丝的“春蚕”。20 多年来，她在技术人员的协助下，先后研制成功了适应涤棉、中长纤维、针织物、印染布的短环烘燥定型机、微孔弹性轧辊、轧车等 28 项新型染整设备。

谭弗芸研制成功的均匀轧车，解决了印染行业长期得不到解决的印色不均匀问题，质量达到了国际先进水平。这种轧车每台可节约外汇 17 万元，到 1982 年共生产轧车 300 多台，仅这一项就为国家节约外汇 5000 多万元。

谭弗芸研制的微孔弹性轧辊，解决了印染轧余率过高的问题，每根轧辊一年可节煤 152 吨。这两项科研成果分别荣获 1980 年纺织部科技三等奖和四等奖。

谭弗芸用自己勤劳的双手，使祖国的纺织染整机械设备跨入了世界先进工艺技术的行列，让祖国的人民穿上、用上了更加新颖漂亮的纺织品，并把祖国绚丽多彩的纺织品送上了国际市场。

1983 年，谭弗芸被授予上海市劳动模范称号，并被选为党的“十二大”代表。同年 7 月，谭弗芸当选为上海市妇联主任，9 月当选为全国妇联副主席。

在妇联发动妇女参加“工业学大庆”“农业学大寨”活动中，全国各基层先后组织妇女突击队、“铁姑娘”队、“三八”班等，她们主动承担急、难、险、重的任务。

正是这些伟大的女性，以不怕苦、不怕累的精神辛勤地为人民服务，才有力地支持了祖国的社会主义建设，为祖国人民开创了美好的生活。

号召向焦裕禄学习

1966年2月12日，全国妇联向全国妇女干部发出向焦裕禄同志学习的号召，号召全国妇女干部要以焦裕禄为榜样，更高地举起毛泽东思想伟大红旗。

在学习焦裕禄的活动中，有一位优秀代表，是山西省平定县锁簧镇官道沟村的妇女干部叫王桂兰。

1955年，年仅15岁的王桂兰就担任了村里的妇女组长，每天起早贪黑领着妇女干活，始终战斗在生产第一线。

1958年公社化运动，王桂兰率领村里的妇女参加集体生产劳动。修水池时，她同男人一起挖土、推水车，白天黑夜连着转，把原来的水池扩大了两倍，不仅解决了人畜吃水问题，还实现旱地变水地近200亩的状况。

1959年，王桂兰带领12名青年妇女组成了妇女队，种了110亩玉米，从春播到秋收全靠她们自己干，创出了亩产350公斤的高产纪录。

1963年，王桂兰带领村妇代会干部4次到大寨参观学习，学习大寨妇女艰苦奋斗的精神和科学种田的经验。1975年，第一次全国农业会议以后，官道沟大队因地制宜学大寨，坚持大搞农田基本建设。在学大寨运动中，王桂兰晴天一身汗，雨天一身泥。她的实干精神和科学态度，深受干部群众的称赞。

王桂兰一心为群众办事，为妇女着想，耐心细致地做妇女的思想政治工作，帮助解决实际问题，调动了广大妇女的劳动积极性。官道沟村妇女李玉珍男人去世后，家里没有劳力。她不仅年纪大，而且体弱多病，不能下地参加劳动，家里生活困难，王桂兰就把情况向村党支部及时汇报，在党支部的支持下，她把李玉珍安排到了托儿所看孩子。

王桂兰还常在干部群众中宣讲落实男女同工同酬政策与发挥妇女作用的关系，使村妇女的劳动报酬得到了合理的解决。劳动报酬由过去的四分、六分，提高到八分、九分，有时定额活女人同男人一样可以挣到十分。

在学雷锋活动中，在党支部的统一领导下，王桂兰把全村妇女组成 13 个院邻组，每逢三、六、九组织妇女学文化、学政治，联系实际，解决妇女的思想认识问题，把思想政治工作做到每家每户每个妇女的心坎上。有个姓吴的妇女，开始她不干活而且成天和婆婆、嫂嫂生气吵架，闹得家庭不和、四邻不安。王桂兰就经常叫她参加院邻组学习，和她谈心交心，使她逐渐改变了“嫁汉靠汉”的依赖思想，友好处理家庭关系，积极参加集体劳动。

还有个姓王的社员，全家 5 口人，过去由于吃粮无计划，每年分到的粮食吃不到头。王桂兰发现后，帮助她逐步养成了计划用粮、勤俭持家的好习惯，做到了年年口粮够吃甚至有余。

由于王桂兰对妇女们的热情和耐心教育，村里妇女有什么话都愿跟她讲，有什么事都愿找她帮，村里人都说，这王桂兰呀，可真是妇女的贴心人。

王桂兰说："当干部就不能搞特殊，决不能有半点为个人谋私利的行为。"人们常常看到她端着碗给妇女们做思想工作，跟她们拉家常、谈心事，帮助她们解决困难，有时甚至忙得顾不上吃饭、睡觉。大队每年讨论给她补工时她总是说不要，做了工作有时误了工，她也不报。王桂兰说："做点工作，吃点苦是一个共产党员应尽的义务，不能讲价钱。"

担任基层妇女干部30多年来，王桂兰始终坚持带头劳动，积极工作，带领全大队妇女在农业生产中充分发挥"半边天"的作用，深受广大社员的欢迎。王桂兰曾多次出席省、市、县的群英会，1962年、1980年、1981年她被评为省"劳动模范"，1979年、1983年她被授予全国三八红旗手荣誉称号。

在学习焦裕禄的活动中，各级妇女干部努力实现思想、工作革命化，积极投入社会主义建设，深入群众，深入实际，艰苦朴素，克己奉公，永葆劳动人民本色。

本书主要参考资料

《国史全鉴》本书编委会编 团结出版社

《共和国五十年珍贵档案》中央档案馆编 中国档案出版社

《中国现代史资料选辑》彭明主编 中国人民大学出版社

《青年的榜样》中国青年出版社编 中国青年出版社

《光辉的榜样》本书编写组 中国文史出版社

《中国革命史丛书》郭沫若编 新华出版社

《中国职工劳模列传》高明岐等编著 工人出版社

《中华全国妇女联合会四十年》全国妇联办公厅编 中国妇女出版社